CRITIQUE LITTÉRAIRE.

CRITIQUE

LITTÉRAIRE,

Par C. Fl.

(Extrait du Journal des Débats.)

PARIS.

TYPOGRAPHIE DE A. ÉVERAT.
RUE DU CADRAN, 16.

1835.

CRITIQUE

DE

VOLUPTÉ,

ROMAN

DE M. SAINTE-BEUVE.

PARIS. — EVERAT, IMPRIMEUR, RUE DU CADRAN, 16.

CRITIQUE

DE VOLUPTÉ,

ROMAN

DE M. SAINTE-BEUVE.

I.

Il y a dans ce monde, à l'heure qu'il est, un accusé que personne ne défend : c'est le siècle, puisqu'il faut l'appeler par son nom.

Le siècle est maudit. Irréligieux, sensuel, égoïste profond, penseur dépravé, écrivain corrupteur, voluptueux sans délicatesse, joueur effréné, suicide abominable, je cherche quel est le vice, quel est le travers qui manque au siècle, dans l'opinion de ses censeurs; je cherche quel est le crime qu'il ne commet pas, et je suis bien tenté d'en conclure, avec ceux qui songent à le réformer, qu'il est en effet bien temps pour lui de changer de mœurs.

Une autre fois cependant, j'essaierai peut-être de présenter quelques observations timides aux réformateurs. Pour aujourd'hui, je ne veux que constater le zèle qui les transporte : car c'est à ce zèle que nous devons le dernier ouvrage de M. Sainte-Beuve.

Le roman de M. Sainte-Beuve, ayons la franchise de le dire, s'il n'est un livre très-catholique, est un mauvais livre; s'il ne réforme pas le siècle, il l'endurcit; s'il ne corrige pas, il corrompt.

Il faut donc croire, pour n'être que juste envers le caractère honorable de M. Sainte-Beuve, qu'il a voulu contribuer pour sa part à l'œuvre de notre réformation morale, et qu'il appartient à l'école qui entreprend une croisade catholique contre ce siècle corrompu. Jugé de ce point de vue, son ouvrage a une haute portée; il mérite une sérieuse analyse; et le bruit qu'il a fait dans les salons et dans la presse, l'enthousiasme des dévots, la colère des sceptiques qu'il a également encourus, toute cette vogue, enfin, est parfaitement justifiée. *Volupté* est un livre important.

Nous ne voulons examiner aujourd'hui que le côté philosophique de l'ouvrage de M. Sainte-Beuve. En effet, nous avons besoin, pour faire cette analyse en toute conscience, d'écarter pour un temps les questions littéraires qu'il soulève. Il y aurait rigueur à juger d'une forme qui nous paraît si intimement liée, dans la pensée de l'auteur, au but qu'il s'est proposé, avant d'avoir apprécié la moralité du point de départ. Il est évident qu'à l'exemple de tous les grands réformateurs, semblable aux apôtres, à saint Augustin, à tous ceux qui ont eu la mission ou la prétention de régénérer par la parole ou d'édifier par leurs écrits les époques vieillies et dépravées, M. Sainte-Beuve a mis son imagination au service de sa foi, qu'il a brisé son vieux moule à idées profanes ; en un mot, que voulant changer son siècle, il a commencé par changer son style. C'est donc là une question d'art qu'il nous faut ajourner ; mais nous y viendrons.

A chacun son œuvre : les uns blâment dans le siècle ses passions politiques ; les autres, la corruption de ses goûts littéraires. Un de nos amis lui a reproché, avec infiniment d'esprit, dans ce journal (1), d'être un siècle bavard, amoureux de querelles, froid à l'action, fanfaron de suicides insensés. M. Sainte-Beuve, lui, prend le siècle par son côté voluptueux ; il s'attaque au libertinage ; c'est là le monstre qu'il veut dompter, la bête impure et rugissante contre laquelle le jeune confesseur s'est armé. D'autres sont allés chercher au plus profond du cœur humain les passions qui le ravagent ; ils ont touché du doigt quelques-unes de ses fibres les plus douloureuses, la jalousie, l'orgueil, l'amour coupable, l'amour malheureux. M. Sainte-Beuve nous montre les sens plus forts que l'amour, les sens vainqueurs de l'ame, les sens dans toute leur laideur, dans tout le brutal abandon de leurs jouissances ; et ainsi exposés, nus et

(1) Le *Journal des Débats*.

frissonnans, il les flétrit, il les marque, il les flagelle par le remords, il les épuise par la satiété, et ne cesse de les châtier qu'après qu'ils se sont cachés sous la bure du séminaire et sous le cilice de la pénitence.

Le roman de M. Sainte-Beuve est une trilogie profane avec un dénoûment catholique. Son héros est trois fois amoureux; trois fois ses plus vives tendresses sont brisées par l'impérieux vouloir de ses sens. Quand cinq ans d'épreuves ont épuisé la séve qu'il jette ainsi à tout vent, il se fait prêtre.

Mais voici l'histoire :

Amaury avait dix-sept ou dix-huit ans quand il entra dans le monde. C'était pendant les premières années du consulat. Il avait fait une bonne première communion. Ses opinions étaient celles de la minorité royaliste.

Amaury habitait une petite chambre sur les toits, à la campagne, et passait son temps à étudier et à se peindre, aux heures de tristesse, les visions du pudique amour.

Mais, parmi ces visions si chastes, l'idée de volupté se glissait insensiblement dans le cœur et dans les sens du jeune homme; chaque jour elle gagnait du terrain. Un excellent humaniste, l'honnête M. Ploa, professeur d'Amaury, eut l'idée assurément fort innocente de lui faire expliquer le 4e livre de *l'Énéide* et les Odes d'Horace à Pyrrha. Amaury se plongea avidement dans ces délicieuses peintures.

Deux accidens achevèrent de développer le penchant qu'Amaury avait naturellement pour la volupté. Un matin, le jeune étudiant s'éveilla atteint d'une singulière folie. Il se crut laid; ce qui le désespéra. « Je souriais encore, je » composais mes attitudes; mais au fond je ne vivais plus. » Je m'étonnais par moment que d'autres n'eussent pas déjà » saisi à ma face la même altération que j'y croyais sentir. » La conséquence de cette découverte fut qu'Amaury résolut, avant d'être complétement défiguré, de cueillir en toute hâte la première fleur de la vie.

Une seconde cause toute physique, et dont nous ne trahirons pas le secret, précipita l'innocence d'Amaury hors des voies saintes où elle avait timidement cheminé jusque-là; et toutefois, avant d'en sortir pour jamais, Amaury, un instant épris d'une jeune fille, s'arrête pour l'aimer. Oh! c'est une si belle et si noble fille, si naïve, si discrète, si résignée, si tendre, qui se livre avec tant de pudique ardeur et de silencieux espoir à ce premier amour! Mais quelques mois s'écoulent; le charme est rompu; adieu la Gastine! adieu les promenades solitaires dans le verger! adieu les longues causeries au foyer des vieux parens! Amaury succombe à l'ennui. Sa jeunesse s'exalte et se consume dans cette vie austère et monotone; son imagination, « déjà fantasque et pervertie, » rêve un bonheur qu'il ne trouve pas dans cet obscur manoir, sous l'œil du grand-père, dans ces effusions chastes et contenues d'une tendresse virginale. Pressé de jouir, impatient de connaître, il s'échappe et tombe comme un brûlot dans le château de la marquise de Couaën.

Le château de Couaën, situé au fond de la Bretagne,

était un de ces vieux abris féodaux que l'esprit du siècle n'avait pas atteints, et sur lesquels on pouvait alors inscrire le vers du poète :

Casta pudicitiam servat domus.

Un mariage d'amour avait fait entrer la jeune Irlandaise, Lucy O'Neilly, dans l'antique famille de Couaën. Le marquis, gentilhomme royaliste, dévoué à sa cause jusqu'au fanatisme, tout occupé de complots, de haines violentes, de projets à perte de vue, homme d'action, condamné à la solitude d'un vieux castel, homme de cœur, réduit à conspirer, essayait, mais vainement, de ranimer la Vendée expirante dans son sang, tandis que sa femme élevait dans la paix, le recueillement et l'étude, deux jeunes enfans, frêle espoir de sa noble maison.

Amaury, admis dans cet intérieur, est bientôt, sur sa bonne mine, associé aux projets du marquis, à ses secrets, à toutes ses espérances royalistes, si ardentes et si folles, unique arsenal du vieux château. Amaury passe là de longues journées et des nuits agitées, des nuits cruelles ; car un second amour est entré dans son cœur. Il aime la femme de son hôte, la vertueuse marquise de Couaën. Vertueuse, oui ; car elle a du penchant pour Amaury, et elle lui résiste ; elle l'aime, et elle le contient ; elle arrête, sur le bord de ses lèvres, ses soupirs corrupteurs et ses vœux adultères. Tout ce caractère de la marquise de Couaën est tracé avec une exquise finesse. C'est un délicieux portrait de femme, un de ceux que, dans une nuit d'insomnie et d'extase, on rêve de suspendre à son chevet, un de ceux qu'il faut ravir pour les posséder.

Il y a pourtant une circonstance qui m'a choqué dans l'histoire de la marquise. Lorsque Amaury, épuisé de soupirs métaphoriques, de tirades équivoques et de désirs impuissans, médite une retraite, lorsqu'il est là, par une sombre nuit, sur le rivage, au pied de la falaise solitaire, attendant le reflux qui va l'emporter, je n'aime pas que la marquise de Couaën apparaisse tout à coup, échevelée, sans ceinture, courant après lui de bruyère en bruyère, dans un triste égarement, et qu'elle lui dise : « Oh! promettez que vous ne partirez jamais! » Si chaste soit-elle, cette scène de la falaise fait trembler.

Cependant le marquis de Couaën vient d'être arrêté en Bretagne et conduit à Paris. Sa femme éperdue se hâte d'arriver dans cette ville; Amaury l'accompagne. La marquise descend dans un petit couvent de la rue Saint-Jacques; Amaury fait choix d'une chambre dans le voisinage; et voici, pendant la captivité du mari, les relations qui s'établissent entre la marquise et l'étudiant : « Tous les soirs, » quand les religieuses s'étaient retirées et les enfans endor- » mis, nous demeurions très-tard, très-avant même dans la » nuit, près de la cendre éteinte, en mille sortes de raison- » nemens, de ressouvenirs, de conjectures indéfinies sur le » sort, la bizarrerie des rencontres, des situations, la mobi- » lité du drame humain, nous étonnant des moindres détails, » nous en demandant le pourquoi, tirant de chaque chose » l'esprit, ramenant tout à deux ou trois idées d'invariable,

» d'invisible et de triomphe par l'ame ; jamais ennuyés dans » cet écho mutuel de nos conclusions, toujours naturels dans » nos subtilités. » J'ai cité cette phrase tout au long, parce qu'elle me dispense de raconter; en effet, elle résume merveilleusement toute l'histoire de cette liaison vraiment étrange, qui n'est ni amitié ni amour, ni mystère ni éclat, ni passion ni calme, ni innocence ni crime. Cette phrase a deux mots pourtant que je voudrais retrancher : *jamais ennuyés!* Amaury s'ennuya ; je l'en excuse cordialement.

« Qui de vous, disait-il, amans humains, parmi les plus » comblés, qui de vous n'a subi l'ennui? Qui de vous, aux » pieds de son idole, sur les terrasses embaumées, n'a sou» haité peut-être quelque grossier échange, quelque vulgaire » créature qui passe? » Voilà donc Amaury cherchant un échange ; le voilà, avec l'impétuosité de ses sens et la mollesse de son ame, entraîné sur le pavé glissant de la grande ville, de ce Paris échappé d'hier à tant de malheurs qui avaient engendré tant de vices, encore tout bouillonnant du limon grossier que les révolutions déposent sur le sol qu'elles ont couvert. Amaury se jette dans cette fange, sans regarder la place où il tombe; il s'y plonge tout entier, sans ivresse, sans remords, poussé par un instinct aveugle et brutal. Sa jeunesse déborde, ses sens long-temps contenus se déchaînent. A la fréquence de ses chutes, à l'incroyable activité de ses recherches, à la fureur de ses embrassemens, on dirait qu'il triomphe, dans les bras des courtisanes, des austérités de la marquise, et qu'il veut châtier sur le grabat des prostituées la sainte pudeur de la jeune épouse! C'est là une peinture hideuse. Mais nous voulons louer l'auteur, comme saint Chrysostôme prétendait louer les satiriques de l'antiquité, en les comparant à ces opérateurs courageux qui ne craignent pas de souiller leurs mains pour panser des ulcères.

M. Sainte-Beuve ne donne relâche à son héros que lorsqu'il a fait justice impitoyable de ses honteux entraînemens, que lorsqu'il l'a contraint de descendre, par l'infamie de ses voluptés, jusqu'au degré le plus bas et le plus sali de la corruption. Alors il ouvre de nouveau la cellule chaste et solitaire où pose, éclairée par une douce lumière, l'angélique figure de Mme de Couaën. Amaury se présente; un sourire de confiance l'accueille; mais on se sent ému de colère, à le voir, amant honteux, bavard et sophiste, encore tout souillé de caresses achetées à vil prix, « substituer la vie » subtile du cœur au trouble épais de l'heure précédente », et achever dans des entretiens mystiques des soirées commencées dans les mauvais lieux.

Cependant la jeunesse d'Amaury s'écoule dans ces alternatives de *triomphes par l'ame*, et de chutes par les sens. Il n'a point quitté Paris; Paris le retient au plus épais de son bourbier. Plusieurs incidens politiques, assez péniblement rattachés à l'histoire principale, une entrevue avec Georges, la longue détention du marquis de Couaën, les démarches actives d'Amaury, son initiation à des projets sanguinaires qui avortent avec la machine infernale et meurent sur l'échafaud de Cadoudal; plusieurs autres épisodes viennent se mêler, avec plus ou moins de vérité, à cette existence si monotone, qui se traîne péniblement entre les impatiences d'un amour profané et la satiété quotidienne d'une sensualité prodigue. Amaury arrive ainsi à son troisième amour. Celui-là a un mérite. Il expie, par les souffrances de la vanité, les lâchetés qui ont déshonoré les deux autres. Mme de R*** est tout simplement une coquette, mais spirituelle et sensée; moitié tendre, moitié moqueuse, qui accueille un hommage et refuse un engagement, qui supporte un lien mais brise une chaîne, qui traite assez légèrement l'opinion, mais ne voudrait pour rien se brouiller avec elle. Une telle femme est destinée de toute éternité à faire le désespoir de ses amans. Amaury, devenu le martyr d'une coquette, ne change rien à sa règle, allant du boudoir de sa maîtresse hautaine à la beauté facile « par-delà les guichets sombres, » passant d'une satisfaction sensuelle à un désenchantement, d'un désir perfidement excité à un désir brutalement assouvi. « Car, dit-» il, si la chute grossière me rengageait dans la duplicité » riante et perfide, celle-ci à son tour me renvoyait sans » défense aux plus indistincts entraînemens. »

Enfin pourtant, Amaury se lasse de cet amour stérile, auquel sa vanité seule est intéressée. Il veut brusquer un dénoûment qui semble fuir devant lui, comme l'Italie des Troyens. Il médite une méprisable attaque. Esclave insoumis, il se redresse sous le joug; poltron révolté, il ose menacer sa maîtresse; il lève la main sur elle, et la saisit aux cheveux pour l'amener de force à lui!... Mais impuissant dans sa violence comme dans sa soumission, sa détestable

tentative échoue contre la résistance de cette sublime coquette. « Elle resta haute, immobile jusqu'au bout, sou-
» riant avec mépris à la douleur et à l'injure, comme une prê-
» tresse esclave, que ne peut traîner à lui le vainqueur. A
» la fin, de fatigue et de honte, je retirai ma main; ses che-
» veux dénoués l'inondèrent; l'écaille du peigne, que j'avais
» brisé sous l'effort, tomba à terre en morceaux. » Ainsi finit le troisième amour d'Amaury, non moins brisé, non moins flétri que l'écaille brillante qui vient de céder sous sa main.

C'est alors qu'épuisé de si longues luttes, Amaury, dans le découragement de ses sens blasés et de son cœur abâtardi, songe à demander au christianisme quelques-unes de ses consolations. Mais le démon de la chair combat encore cette inspiration de Dieu; long-temps encore la volupté, le poussant devant elle, l'oblige à tourner le dos aux autels. « J'étais tenté de m'aller jeter aux pieds d'un prêtre. Mais
» je me disais : Attendons que ma jeunesse soit revenue,
» que mon front soit essuyé, qu'un peu d'éclat y soit re-
» fleuri, pour avoir quelque chose à offrir à Dieu et à lui
» sacrifier; et dès qu'un peu de cette fleur de ma jeunesse
» me semblait reparue, je ne la lui portais pas. »

Cependant l'automne de 1805 commençait. Un bruit de guerre remplissait l'Europe. La France rassemblait ses bataillons; une mémorable campagne allait s'ouvrir. Une étincelle, partie de ce nuage électrique qui couvrait la France, vint toucher le cœur d'Amaury; et le voilà quittant sa retraite, ses livres de piété, sa pénitence commencée, et, Vendéen converti, se laissant entraîner par un aide-de-camp du maréchal Berthier sur les traces rapides de l'Empereur. Il part, il vole, il arrive au pont de Kehl; mais adieu la gloire! Les canons d'Austerlitz sont encore chauds, mais ils sont muets ; tout est fini! Amaury tourne bride, ayant manqué la bataille comme il a manqué l'amour. Cet homme a tout manqué! Mais Dieu lui reste. Il entre au séminaire; trois ans après, il reçoit les ordres. Puis, avant de partir pour un grand voyage, il veut visiter une dernière fois le château de Couaën qu'il croit inhabité. Mais hélas! il y trouve la marquise de Couaën sur un lit de mort; prêtre, il la console, et lui administre l'extrême-onction. C'est là une scène touchante; mais elle me choque par un côté. Pour approcher de ce lit respectable, pour ouvrir à cette sainte les portes chrétiennes de l'éternité, Amaury est un trop jeune prêtre ; il n'a pas assez lavé ses souillures; il n'a pas mérité, par une assez longue expiation, de recevoir entre ses bras cette ame délicate et tendre, qu'il a si outrageusement méconnue.

Telle est l'histoire d'Amaury. N'avions-nous pas raison de dire, en commençant, que M. Sainte-Beuve s'était proposé un but d'éminente moralité, et que son roman s'adressait bien plus comme une austère et inflexible leçon aux vices de son siècle que comme un amusement frivole à ses loisirs? Quel autre but, en effet, supposer à M. Sainte-Beuve? N'a-t-il voulu, comme on l'a dit, que se jouer agréablement dans un *roman d'analyse*, exercer sa plume dans une subtile et patiente dissection du cœur humain, assouplir son style et sa pensée par mille tours de force littéraires? Mais alors par quel singulier goût a-t-il fait choix, pour l'analyser, de ce triste et honteux penchant qui fermente au cœur d'Amaury? Comment s'est-il plu à dénombrer avec une telle recherche, une telle coquetterie de langage, toutes les misèresde cette passion médiocre? C'était là, il faut le dire, une gymnastique bien peu digne de son talent. Non, si M. Sainte-Beuve n'avait pas eu quelque but élevé, il n'aurait pas profané le scalpel philosophique jusqu'à compter si curieusement toutes les fibres luxuriantes qui tressaillent au cœur de son héros; il n'aurait pas épuisé la langue de son pays pour en extraire, avec tant de peine, tant d'images lascives, tant de métaphores équivoques, tant de périphrases suspectes, tant de synonymes complaisans, variétés infinies de la même espèce. M. Sainte-Beuve avait de grands modèles qu'il connaît bien, d'immortels devanciers qu'il révère; Chateaubriand, Goëthe, Benjamin Constant lui auraient appris comment on compose un roman d'analyse, comment on met son talent au service de quelque ingénieuse abstraction, au lieu de dresser minutieusement la carte coloriée de tous les écueils où peut échouer, dans une ville corrompue, l'innocence d'un jeune homme!

M. Sainte-Beuve n'a donc pas voulu nous donner un roman d'analyse. Encore moins a-t-il songé à nous attacher par le charme et la variété des aventures, à nous intéresser à son héros. Son roman est d'une monotonie systématique; son héros est le moins intéressant des hommes. Quand il a successivement sacrifié trois femmes à cette noble passion que vous savez, que nous importe ce qu'il devient? Qu'il se fasse prêtre, soldat, ou greffier d'une justice de paix, pour l'intérêt que nous y prenons, cela est fort indifférent. La destinée de ce libertin blasé ne nous touche guère. Il entre au séminaire : eh bien ! soit ! qu'il fasse pénitence ! Quelle différence quand le comte de Comminge entre à la Trappe !

C'est que le *Comte de Comminge* est un livre profane; *Volupté* est un livre religieux, une prédication catholique, une effusion dans le sein de Dieu, une confession selon le rit, à laquelle il ne manque que le secret. *Volupté* est tout cela; c'est de ce point de vue qu'il faut juger M. Sainte-Beuve. Il ne prétend pas charmer le pécheur, mais le corriger; il ne veut pas endormir son mal, mais l'extirper dans sa racine. Aussi voyez comme il dépouille son malade, comme il le garrotte puissamment, comme il opère avec énergie sur des plaies saignantes ! C'est une sorte de clinique morale à laquelle il convie les timides et les faibles, pour qu'ils apprennent à guérir comme lui les maux de l'ame !

Je le répète; c'est ainsi seulement que tout s'explique dans le roman de M. Sainte-Beuve : son titre, son héros, la crudité de ses peintures, la simplicité de son drame, et ce mélange si nouveau de mysticisme et de lubricité, cette odeur de sacristie et de carrefour, enfin tout cet alliage adultère de la poésie érotique et de l'inspiration religieuse. Ainsi, la *volupté*, dans le langage de M. Sainte-Beuve, c'est le goût des grossiers plaisirs; Amaury, c'est le type d'un siècle vicieux, vulgaire, sans passion, sans poésie, sans illusions, sans croyances fortes et résistantes, impuissant par le cœur, ardent par les sens; ces trois femmes, ces créations délicieuses, dont le souvenir tourmente amoureusement le pécheur tremblant sous son cilice, ces trois martyrs de l'égoïsme brutal qui les délaisse, c'est l'amour sous quelques-unes de ses formes les plus pures, l'amour voilé d'innocence, revêtu de chasteté, ou protégé par une dignité courageuse, l'amour enfin tel que le siècle ne le comprend plus. Tel est le sens moral et symbolique de *Volupté*. Si, au lieu de prendre son héros si bas, M. Sainte-Beuve eût mis en scène un de ces caractères de haute création, un de ces séducteurs brillans ou profonds, qui commettent de grandes fautes avec d'énergiques passions ou d'admirables ruses, et qui conservent je ne sais quel éclat jusque dans le vice, l'auteur manquait son but; il eût fait un roman comme tout le monde. Et que serait-il arrivé? Le siècle ne se serait pas reconnu dans cette belle peinture, et la leçon qu'a voulu lui donner M. Sainte-Beuve eût été perdue.

C'est donc la leçon même qu'il faut maintenant juger.

II.

J'ai cherché à établir, dans un précédent article, que le héros du livre de M. Sainte-Beuve pouvait passer pour une personnification du sensualisme grossier qu'il est aujourd'hui de mode de reprocher à notre siècle, et j'ai promis d'apprécier la moralité qui m'a paru ressortir de cet ouvrage.

Si j'avais à personnifier quelques-uns des grands siècles de l'histoire de l'humanité, il me semble que je ne chercherais pas long-temps. Presque tous ils se résument, avec une fidélité merveilleuse, dans quelque type puissant auquel ils ont donné leur empreinte. Presque tous ont créé quelque grand homme à leur image. Périclès, Auguste, Luther, Louis XIV, Voltaire, voilà des noms d'un sens immense; chacun d'eux réfléchit l'éclat, la grandeur, la puissance, l'esprit tout entier du siècle qu'il représente.

Mais tous les siècles n'ont pas ainsi quelque nom illustre qu'on puisse inscrire sur leur frontispice, quelque type exact qui reproduise leur physionomie. C'est leur faute, suivant nous, bien plus que celle de la nature, qui n'a jamais manqué aux grandes époques de l'humanité; alors les hommes de génie naissent en foule. Mais comment caractériser un siècle sans physionomie, sans couleur? comment le résumer sous un symbole commun, s'il a mille faces diverses? comment le personnifier dans un grand homme, s'il est dépourvu de grandeur?

Personnifier le dix-neuvième siècle, cela me semble donc difficile. Je ne voudrais pourtant pas répondre que son type ne se trouve quelque part; mais, à coup sûr, il se cache bien. Littérature, histoire, philosophie, politique, quel est le nom qui résume vraiment notre époque? Pour moi, je renonce à le trouver.

Napoléon a été le représentant armé du grand mouvement révolutionnaire qui a changé la face de la France. Mais il n'a pu donner son nom à son siècle; il a succombé dans cette tâche. Le siècle a manqué sous ses pas, la France est tombée de ses mains puissantes; et pourquoi? parce qu'il ne la tenait que par un côté, pour ainsi dire, par le côté de la gloire, oubliant qu'elle avait aussi une passion de liberté à satisfaire. Ce qui empêche que Napoléon ne soit dans l'histoire le représentant de son siècle, c'est donc qu'il a manqué à toutes ses tendances libérales, c'est qu'il a comprimé son essor intellectuel, quand il pouvait si justement prétendre à le diriger; c'est qu'il n'a été que le glorieux soldat d'une révolution dont il pouvait être le législateur politique.

Ainsi Napoléon ne représente pas notre époque. Mais, assurément, le héros de M. Sainte-Beuve ne la représente pas davantage. Amaury n'est pas un type du 19e siècle.

Amaury est un homme médiocre, incapable d'un long dévouement et d'une grande passion, très-personnel, prodigieusement vain, parleur prolixe et diffus, et s'il a des principes, ce sont de ces principes qui flottent à la surface de l'ame : par tous ces côtés, Amaury a peut-être bien quelque ressemblance avec le siècle. Mais Amaury est, avant tout, un homme sensuel. Esclave de ses désirs, livré aux plus grossières voluptés, et comptant ses jours par ses chutes ; libertin hypocrite, couvrant ses vices d'un vernis de mysticisme ; homme de mœurs élégantes, courant les ruelles ; homme de piété et d'études sérieuses, méditant froidement des séductions entre les bras des courtisanes, Amaury est, suivant moi, un type tout-à-fait à part, une énormité dans l'ordre moral ; et, s'il personnifie le sensualisme, qu'on me permette de le dire, c'est le sensualisme des muletiers !

Notre siècle vaut mieux qu'Amaury. Je sais tout ce qui lui manque de vertus désintéressées, de croyances ardentes, de passions fortes, de génie naïf, de mœurs primitives; je sais tout ce qui lui manque pour être un grand siècle. Mais nous représenter comme une génération de sensualistes et de libertins, c'est une grave erreur ; le sensualisme n'est pas la maladie de notre temps.

Quelles sont, dans l'histoire, les époques signalées par le règne du sensualisme? en Grèce, dans l'Asie Mineure, sur les côtes florissantes de l'Afrique septentrionale, ce sont les époques de liberté excessive, d'extrême confiance, quand tout travail pénible, toute industrie subalterne est aux mains des esclaves, dont les sueurs enrichissent l'oisiveté de leurs maîtres. Alors le sensualisme domine sans partage, et les courtisanes sont célèbres à l'égal des vainqueurs de Salamine : Aspasie vaut Périclès.

D'autres fois, au déclin des États, quand la liberté est morte, quand les religions croulent, quand les peuples dégénérés tremblent au bruit d'invasions redoutables et prochaines, alors le sensualisme a des temples; une sorte d'ivresse y précipite les générations qui vont périr; alors, comme l'a dit un écrivain spirituel, les peuples dansent éperdus sur le cratère des volcans.

Notre siècle me paraît plus sage. Né d'une révolution qui a versé des bienfaits sur le monde, mais qui a laissé de grands maux à réparer, il n'a pas cette extrême confiance d'une subordination traditionnelle à des lois immuables; mais il n'a pas non plus cette crainte d'une dissolution prochaine, qui caractérise les époques de décadence; il sait que les barbares sont encore loin! Notre siècle n'est donc ni présomptueux ni désespéré. C'est un jeune siècle, mais déjà sérieux et rassis comme les jeunes gens d'aujourd'hui : il n'a rien gardé du passé, ni ses croyances, ni ses préjugés, ni ses belles manières, ni ses mauvaises mœurs; mais il a toutes les qualités d'une époque qui a quelque chose à fonder, qui a sa fortune à faire : l'intelligence, l'activité, le bon sens, la persévérance, et point d'enthousiasme. Le siècle est positif et raisonneur : il a une grande œuvre à accomplir, tout le gouvernement représentatif à fonder. Il est égoïste et calculateur : il a d'innombrables intérêts à défendre. Trouver le repos dans la liberté, tel est le problème qu'il lui faut résoudre, problème hardi qu'aucun siècle n'a si nettement posé que le nôtre, tâche immense qu'aucune génération n'a si résolument entreprise. Les uns ont sacrifié le bien-être social à la liberté; les autres ont cherché le bonheur à l'ombre du trône d'un despote. Nous prétendons réconcilier la liberté et l'ordre, et faire cesser un divorce vieux comme le monde. C'est une tentative fort sérieuse; mais faites donc qu'une pareille pensée soit entrée dans la tête d'une génération de sensualistes et de libertins! On a dit que notre siècle n'était pas gai; je le crois bien!

Non, le sensualisme n'est pas le défaut d'une si sérieuse époque. Les sens n'ont plus de rôle à jouer dans ce drame qui a les deux plus grands royaumes de la terre pour théâtre, et pour spectateurs le monde entier. Notre génération, que je n'aime pas à flatter, parce qu'elle est jeune, mais qu'il faut pourtant bien défendre puisqu'on se plaît à la rabaisser, notre génération est sortie du creuset des révolutions, plus éprouvée, plus grave, plus morale aussi. La famille est redevenue un sanctuaire où la pureté des mœurs a remplacé les grandes manières, où le bon goût est de s'aimer, où l'élégance du vice ne trouve plus si facilement des complaisans et des victimes. Cet éloge, que je ne voudrais pas exagérer, est vrai pourtant, de nos jours, de la généralité des familles. Elles sont pures, elles veulent l'être; l'opinion le veut aussi. On dit : le siècle est corrompu, mais, comme Amaury, il cache ses vices. Le dix-huitième siècle les montrait ; voilà toute la différence. Mais est-ce que l'effronterie n'est qu'une forme de vice? C'est pis encore, c'est un vice de plus. Le soin que les mauvaises mœurs prennent de se cacher est donc, de notre temps, un hommage rendu à la moralité publique; et ce qu'on appelle la pruderie de notre siècle en pourrait bien être le plus bel éloge. Quelle est donc l'injustice de ses détracteurs ! Un scandale éclate ; un mari trompé demande justice ; quelques jeunes désœuvrés se tuent, laissant leurs poches pleines de mauvais vers; un romancier fait un livre immoral ; un entrepreneur d'émotions dramatiques exploite sur la scène le reste impur des corruptions d'un autre âge : tout cela, c'est la faute de ce pauvre siècle ! Et alors la critique lance ses réquisitoires, les réformateurs se mettent à l'œuvre. L'un propose de lui infliger quelques années de pénitence dans les déserts de la Thébaïde; l'autre, après avoir fait au sensualisme de notre époque le plus éclatant procès, étalé toutes ses turpitudes et ramassé toutes ses ordures dans les carrefours de Paris, finit par le mettre sous clef, dans la cellule expiatoire d'un séminaire. Ainsi procèdent les réformateurs.

Je n'ai assurément aucune intention d'instituer, avec l'auteur de *Volupté*, une controverse religieuse, et quoique la fin que fait son héros ne soit pas fort de mon goût, je conçois qu'il y ait beaucoup de personnes à qui elle plaise et qu'elle profite même à quelques-unes. Néanmoins, j'en doute; et s'il fallait juger de la moralité d'un livre par l'efficacité de ses préceptes, je dirais que l'ouvrage de

M. Sainte-Beuve pouvait être plus utile, plus actuel, d'une application plus réelle et plus directe, en un mot plus moral, sans cesser pour cela d'être catholique. Mais M. Sainte-Beuve est trop catholique par son dénoûment; il ne l'est pas assez dans la peinture des passions qui le préparent. Par son dénoûment, M. Sainte-Beuve décourage le siècle; il le révolte ou le corrompt par ses peintures. Voulez-vous avoir, sur cette partie de l'ouvrage que j'examine, non pas le jugement d'un esprit fort ou d'un cœur profane, mais celui d'un prélat de l'Église romaine, du plus éloquent et du plus austère de nos évêques catholiques, le jugement de Bossuet sur *Volupté?* « Qui oserait, dit » Bossuet (1), penser à d'autres excès qui se déclarent » d'une manière bien plus dangereuse dans un autre plaisir » des sens? qui, dis-je, oserait en parler, ou oserait y » penser, puisqu'on n'en parle point sans pudeur, et qu'on » n'y pense pas sans péril, même pour le blâmer? O Dieu! » encore un coup, qui oserait parler de cette honteuse » plaie de la nature, de cette concupiscence qui lie l'ame » au corps par des liens si tendres et si violens, dont on a » tant de peine à se déprendre, et qui cause aussi dans le » genre humain de si effroyables désordres? » Ainsi Bossuet condamne énergiquement la seule mention de ce vice, dont l'analyse est le sujet, sinon le but du livre de M. Sainte-Beuve. Saint Paul prononce un jugement pareil : il ne permet, sous aucun prétexte, sous aucune de ses mille

(1) Traité de la Concupiscence, chap. IV.

formes, qu'il soit question devant les fidèles de ce vice si cher au genre humain, dont le nom chatouille délicieusement les oreilles les plus chastes, dont le venin se glisse, subtil et pénétrant, jusqu'au travers des plus austères paroles et des plus redoutables menaces. Ce précepte est, à mon avis, d'un grand sens; et il signale une différence trop peu remarquée entre la morale du paganisme et celle que la religion chrétienne a établie sur ses ruines, entre les procédés de la philosophie ancienne et les pratiques de la foi nouvelle, entre les satiriques païens et les prédicateurs catholiques. La satire païenne, elle aussi, veut-elle corriger le siècle? Elle s'attaque au vice, mais en le dépouillant, en le montrant à nu, dans toute la laideur et trop souvent aussi dans tout le charme dangereux de sa nudité. Elle fait comme le Spartiate qui donne une leçon de tempérance en montrant un esclave abruti par l'ivresse. Elle souille ses yeux, ses oreilles, ses mains, pour les aguerrir, pour les préserver. « C'est une guérison du vice par son semblable, » comme le dit M. Sainte-Beuve, une sorte d'homœopathie appliquée à la morale; c'est l'ame humaine livrée aux empiriques. Mais comment procède le christianisme? lui qui a détrôné les sens, il n'emprunte pas leur langage; lui qui a renversé l'autel de la Bonne-Déesse, il ne le relève pas pour s'en faire une chaire à prêcher; il laisse aux païens la crudité de leurs préceptes et le cynisme de leurs peintures; sa morale est spiritualiste; il ne parle pas aux sens, mais à l'ame; il sait que le même fouet qui châtie les sens humiliés, peut déchaîner leur ardeur, et qu'un désir incurable peut naître dans le plus cuisant remords. Aussi le vrai christianisme a-t-il toujours été aussi sobre d'images, aussi tempérant dans son langage, aussi mesuré dans son style, que le paganisme a été hardi, fougueux, obscène, prodigue d'hyperboles sensualistes, et souillant la langue pour corriger des souillures Telle est la différence des deux religions, telles sont leurs méthodes. On peut voir maintenant à laquelle des deux appartient le livre de M. Sainte-Beuve.

Suivant moi, c'est là le grand défaut de notre temps, la confusion des croyances et des méthodes. M. Sainte-Beuve a voulu faire un livre catholique, et il a employé les procédés du paganisme; il a voulu que son livre fût une leçon, et pour beaucoup il est un piége; qu'il tempérât l'ardeur de nos mauvais penchans, et il est à craindre qu'il ne les exalte; il a voulu imiter saint Augustin, et il a reproduit Juvénal.

Je sais bien qu'en regard de ses pages les plus profanes, M. Sainte-Beuve a des pages mystiques; que la foi chemine côte à côte avec la volupté, que la courtisane n'éclipse pas totalement le catéchumène; je sais que Dieu est là, présent partout, pour relever avec son pardon chacune des faiblesses d'Amaury; et en vérité, pour le dire en passant, Dieu est si occupé d'Amaury qu'on pourrait le défier de faire autre chose. Mais Amaury se corrige-t-il? Quand il s'amende, c'est que sa jeunesse est à bout. Il n'apporte à son Dieu que les restes d'une vie flétrie et d'un cœur désabusé. Le Ciel est son pis-aller.

Tout cela, je l'avoue, ne m'a pas paru très-édifiant, et je conçois tout autrement la prédication religieuse. Mais, en même temps, je ne comprends pas du tout le roman religieux. Si donc j'étais doué de cette ferveur de prosélytisme qui a inspiré l'ouvrage de M. Sainte-Beuve, et si j'avais si peu que ce soit de l'esprit qu'il met au service de sa foi, je confesse très-sincèrement que je ne ferais pas un roman religieux; car c'est une œuvre impossible. Voulez-vous, en effet, que l'intérêt religieux domine l'intérêt mondain, votre roman est ennuyeux ; il n'est pas lisible. Aimez-vous mieux intéresser par le nombre et l'éclat des aventures, par la grandeur des passions, vous sacrifiez l'intérêt religieux. La religion ne vous sert plus que comme une machine bonne à amener des dénoûmens. Aussi ne vous tombe-t-il du Ciel que des nuages. Vous vouliez un Dieu : vous avez un Jupiter d'Opéra.

Je finirai par une réflexion. J'ai signalé précédemment la réaction catholique à laquelle appartient, suivant moi, l'ouvrage de M. Sainte-Beuve. Je dirai aujourd'hui : Je ne crois pas au succès d'une réaction catholique. Ceux qui entreprennent contre le siècle une croisade religieuse sont assurément, et M. Sainte-Beuve à leur tête, gens de cœur et d'esprit; mais ils échoueront. Ils veulent remonter le courant du siècle, et le siècle les emportera : il est plus fort qu'eux. Leur foi est si légère, et le torrent contre lequel ils luttent est si impétueux et si profond ! Quand le roman de M. Sainte-Beuve aura quelque temps flotté à la surface, un coup de vent l'engloutira.

Un des hommes qui ont le plus lutté contre l'indifférence religieuse du siècle, et ce n'était pas un néophyte, les yeux encore humides des larmes que le regret du monde arrache à ceux qui le quittent; ce n'était pas un de ces jeunes dévots qui partent pour la croisade, la visière baissée, le visage en feu, le cœur gros de soupirs; c'était un prêtre, un prêtre énergique; un homme de pratique austère et inflexible, qui allumait au feu de l'autel la flamme qui animait ses regards et qui étincelait dans sa parole et dans son style; — eh bien! cet homme a échoué! Je ne veux pas dire qu'il n'a ému personne, qu'il n'a converti ame qui vive; non; mais il n'a pas ému son siècle, il ne l'a pas modifié. C'est lui plutôt que son siècle a converti, qu'il a changé. Un jour, de prêtre il est devenu tribun; des hauteurs de sa foi il est descendu dans l'arène des controverses politiques; un jour, le père de l'Église a mis son génie, son style, tous les trésors de sa sainte colère, au service des passions qu'il avait si long-temps réprouvées.

A Dieu ne plaise que je cherche à tirer aucun parti contre la religion de cette indifférence religieuse, si vainement combattue! Je me contente de signaler ce fait, sans le juger, sans m'en réjouir, sans le blâmer. Je demande seulement qu'il en soit tenu quelque compte dans les pensées de régénération que des esprits très-honnètes consacrent à l'avenir de notre patrie. Partout où la discipline catholique est un support suffisant pour les ames affermies ou chancelantes, maintenez-la; partout où elle fait défaut, relevez la conscience, fortifiez l'ame; montrez-lui, en dehors des religions dominantes, une règle morale non moins gravée au fond du cœur humain que les plus saints dogmes sur le parvis sacré des temples. Que l'ame apprenne à trouver sa force en elle-même; qu'elle puise la morale à ce foyer naturel où germent toutes sortes de vertus,

Est Deus in nobis; agitante calescimus illo;

c'est là aussi une source divine!

Le grand défaut, si j'ose le dire, d'une discipline exclusivement religieuse, c'est qu'une fois la morale établie sur cette base, si la base chancelle, si elle croule au souffle de l'incrédulité mondaine, la morale croule avec elle. Qui de nous, fervent catholique pendant quelques rapides années de sa première jeunesse, n'a ressenti ce vide affreux que laisse dans le cœur la perte de ces illusions sacrées? Qui de nous, jeté dans ce monde, éclairé ou corrompu peut-être par la sagesse du siècle, n'a été épouvanté en se trouvant tout à coup sans règle fixe, sans principes certains, sans boussole protectrice sur cette mer orageuse et infidèle? C'est que nous ne connaissons qu'une règle, la règle religieuse; qu'une morale, la morale religieuse. Une fois affranchie de cette règle, notre ame s'est trouvée sans aucun frein, incertaine de son avenir, impatiente de son repos, effrayée de sa liberté! Il faut donc une morale pour les cœurs que la foi délaisse, pour les ames que la religion ne saurait remplir; il faut une morale pour combler l'abîme que les révolutions des empires, que les prédications des philosophes, que le scepticisme naturel à l'esprit humain, creusent sans cesse dans la conscience des hommes. Cette morale, nous l'avons tous au fond du cœur; il faut savoir en démêler les principes, en formuler les préceptes, en exécuter les arrêts. Alors, insensiblement, l'homme prend confiance dans les lumières de sa raison naturelle; perdu, il se retrouve; flétri, dégradé, il refleurit; tombé, il se relève, en n'empruntant sa force qu'à lui-même.

Relevez-vous donc, Amaury, non-seulement parce que vous êtes chrétien, mais parce que vous êtes homme! Allons, debout! la tête levée et le cœur haut, *sursùm corda!* Eh quoi! si la foi vous avait manqué, vous alliez donc périr dans cette fange où vous avez traîné vos plus belles années! Si le séminaire ne vous eût ouvert ses portes, s'il n'eût caché dans sa solitude profonde votre jeunesse abrutie et souillée, votre ame allait échouer et se perdre sans retour sur les écueils de la corruption! Non, Amaury; vous calomniez votre ame, vous diffamez votre conscience. Votre ame était assez forte, à elle seule, pour vous sauver. Si vous l'eussiez consultée quelquefois, si vous n'eussiez pas douté de sa puissance et de sa force, si vous l'eussiez courageusement opposée aux séductions qui vous ont assailli, elle aurait sauvé votre innocence; elle vous aurait du moins rendu la vertu!

Et aujourd'hui vous ne seriez pas en Amérique!

III.

Il me reste à analyser le style du roman de M. Sainte-Beuve.

Je n'ai pas, en fait de style, un respect superstitieux pour la tradition. Je crois à la légitimité du bon goût ; mais je crois aussi à l'audace, à la fécondité de l'esprit humain ; j'ai foi à sa liberté, à sa puissance. Je crois qu'il se fait des révolutions dans les langues comme dans les mœurs et dans les lois ; et que vainement voudrait-on les arrêter, les ralentir dans cette voie rapide où le vent de la civilisation les pousse ; elles marchent, elles avancent, elles se modifient, elles se corrompent, elles se perfectionnent en dépit de la tradition. Il y a tels événemens qui transportent, pour ainsi dire, une langue d'un pôle à l'autre.

Sans doute les bons esprits doivent faire effort pour se rattacher, autant qu'il est possible, à l'autorité et à la tradition. Le culte des ancêtres n'est pas moins un principe conservateur dans la littérature que dans la politique. Dans la politique, malheur aux révolutions qui veulent refaire tout à neuf ! Il faut trop souvent qu'elles trempent dans le sang les générations qu'elles prétendent rajeunir. Dans la littérature, malheur aux langues qui renversent injurieusement les statues des anciens dieux, qui se disent fortes parce qu'elles sont rudes et violentes, qui se croient jeunes quand elles ne sont que barbares ! Je n'aime pas cette intempérance aveugle et irréfléchie qui brise le joug de la tradition ; mais je n'estime pas davantage cette idolâtrie qui se prosterne et s'aplatit devant les modèles. Je veux qu'on tienne compte de l'expérience acquise au passé, mais qu'on n'en fasse pas l'absolue maîtresse de l'esprit humain. Je demande grace pour nos vieux maîtres, pour nos inimitables devanciers ; mais grace aussi pour le progrès, pour la liberté de l'intelligence ; grace pour ses créations, pour ses découvertes, pour ses conquêtes !

Aujourd'hui que M. de Châteaubriand n'a plus de puissance que celle de sa renommée littéraire, qu'il n'a plus d'ennemis ni de flatteurs, qui s'avise de contester l'immense gloire qu'il s'est acquise, non moins pour avoir sauvé la vieille langue française du naufrage de toutes les traditions, que pour lui avoir imprimé le sceau d'une grace nouvelle et d'une jeunesse inespérée ! C'est en effet la double gloire de M. de Châteaubriand ; il a concilié deux qualités qui se combattent presque toujours : il a été grand écrivain par sa tempérance autant que par son audace ; il a servi la langue comme érudit et comme poète, comme puriste et comme novateur. Il a paru après une révolution qui avait fait peser sur la langue française le niveau terrible qui avait tout abattu, et il a relevé la langue française. Il s'est trouvé au milieu d'un peuple renouvelé par le fer et par le feu, et il a parlé un langage nouveau. Chrétien fervent, gentilhomme éprouvé, il a osé défendre les vieilles croyances du pays, son vieux dogme politique, son vieil honneur, sa vieille histoire, avec un style jeune et brillant comme le siècle qui commençait, ce siècle qui venait au monde au bruit du canon de Marengo. Tel était le rôle difficile que le génie de M. de Châteaubriand lui assignait dans notre régénération littéraire, et qu'il a si complétement rempli : d'une main il rattachait le présent à la chaîne brisée des temps passés, dont il semble qu'on avait voulu abolir le souvenir auss bien que les œuvres ; de l'autre, il remuait le sol fécondé par de si longs orages, et il y trouvait ce style éclatant, passionné, ce style si local, si actuel, si pur et si nouveau, ce style d'images magnifiques, qui convenait à une époque de grandes émotions et de grands spectacles.

J'arrive à M. Sainte-Beuve. M. Sainte-Beuve est un des écrivains de notre temps qui ont le plus combattu, le plus déprécié la tradition ; mais j'ai montré par les réflexions qui précèdent que je n'ai point de parti pris contre lui ; que tout au contraire j'admets la légitimité de l'école de style à laquelle il a long temps appartenu, enfin que je suis un des plus sincères admirateurs du grand écrivain qui l'a fondée. Ces préliminaires valaient la peine d'être établis ; car j'entreprends d'analyser avec quelque détail le style de *Volupté*, et j'ai besoin, comme rappporteur et comme juge dans une matière si délicate, que mon impartialité ne puisse être mise en doute.

Ce qui caractérise avant tout le dernier roman de M. Sainte-

Beuve, c'est l'étrangeté du style. Je ne prétends pas encore lui en faire un reproche, mais je dis que l'étrangeté est le caractère le plus distinctif, le plus apparent de son style ; qu'à le juger sans prévention, avec la bonne foi que j'y ai mise, avec l'estime que je professe pour son talent, il est impossible pourtant qu'on ne soit pas tenté de s'écrier presque à chaque page : Mais c'est là un langage bien extraordinaire, un idiome bien étrange ! Personne dans le monde ne parle, n'écrit, ne raconte, ne moralise, ne discute, ne décrit de cette façon ! — Telle est l'impression qu'ont reçue généralement du style de *Volupté* tous ceux qui ont pu le juger avec quelque indépendance. En effet, non-seulement ce style s'éloigne de la tradition, et c'est un reproche que d'autres lui ont adressé ; non-seulement il ne procède pas du passé, mais il ne tient au présent ni par sa physionomie générale, ni par sa construction, ni par le sens des mots, ni par le choix des images. C'est un style dont nos ancêtres ne se sont pas doutés, mais qui n'a pas non plus un nom connu dans la poétique de notre âge ; qui n'est ni tempéré, ni sublime, ni romantique, ni lyrique, ni mystique ; qui n'est rien de ce que nous connaissons, qui n'est pas même le style de M. Sainte-Beuve ; car M. Sainte-Beuve n'a imaginé ce style que pour son nouvel ouvrage, il ne l'a mis au jour que dans *Volupté*.

C'est ici le lieu de demander si, parce qu'une langue s'est modifiée en traversant une révolution, parce qu'elle est sortie jusqu'à un certain point de ses anciennes voies, parce qu'elle s'est rajeunie, ravivée, au souffle fécondant d'un écrivain de grand génie, si pour cela elle est condamnée à subir toute espèce de métamorphose; s'il est permis à chacun de la refaire à son image, de l'habiller suivant sa fantaisie, suivant son caprice. On peut demander si la langue française du dix-neuvième siècle est une langue hors la loi, que rien ne protége plus, ni la convention, ni le goût, ni le bon sens, et qu'on puisse livrer sans scrupule à tous les hasards, à tous les périls d'une incessante expérimentation; en un mot, si l'indépendance qu'on proclame est l'affranchissement de toute règle , si la liberté qu'on revendique au profit de l'intelligence n'est autre chose que la révolte de toutes les médiocrités, la confusion de tous les systèmes, l'anarchie de toutes les tendances aventureuses et novatrices. Il faut bien l'avouer, de toutes les conditions qu'une langue peut subir dans les temps de rénovation littéraire, celle-là serait la plus irrémédiable et la plus triste. Je sais bien que c'est là le sort des littératures qui ont fait leur temps et qui meurent d'impuissance entre un madrigal et une scolie; que c'est par ces signes affligeans que se manifestent les époques de décadence; mais ne nous dit-on pas tous les jours que nous sommes une époque de création?

Dans les siècles de création, les intelligences marchent avec un remarquable ensemble; c'est une même pensée qui les anime, un même esprit qui les pousse. On reconnaît les chefs-d'œuvre de ces grandes époques, quelque divers qu'ils puissent être, à je ne sais quel air de famille qui brille au front de leurs auteurs. Ceux même qui semblent le plus solitaires dans leur vie et dans leur génie, ne sont pas affranchis de cette loi; ils sont de leur temps; ils parlent un langage que comprennent les contemporains. Essayez d'isoler Jean-Jacques Rousseau de son siècle; essayez de le placer entre Pascal et Racine. Comme ce rapprochement lui donne un air étrange et dépaysé; comme il semble que sa physionomie s'efface, que sa verve s'éteint, que son style se décolore! L'auteur *d'Emile* n'est plus compris; que dis-je? l'auteur d'*Héloïse* paraît froid. C'est que sa place est ailleurs; elle est au milieu du mouvement philosophique qui emporte le dix-huitième siècle, au milieu de ces prosateurs austères, harmonieux et sceptiques qui le mènent si doucement à une révolution sociale; la place de Rousseau est au milieu de ces immortels réformateurs qui sont ses rivaux, mais auxquels il ressemble comme à des frères. Car telle est la loi des véritables époques littéraires, une variété infinie, une rivalité continuelle, et malgré tout, une incontestable ressemblance,

Facies non omnibus una,
Nec diversa tamen, qualem decet esse sororum.

Il faut donc que notre littérature le reconnaisse: ou elle est la littérature d'une décadence, et alors elle peut se donner carrière; que rien ne l'arrête; qu'elle vogue au vent, toutes voiles dehors, sans gouvernail et sans boussole; que notre vieille langue, tant vantée pour la franchise et la grace de ses allures, devienne bizarre, obscure, incorrecte, gauchement maniérée grossièrement étrange; qu'elle dépouille toute physionomie nationale, toute dignité traditionnelle ; qu'au lieu de commander le respect comme une maîtresse sévère, elle ne ressemble plus qu'à l'esclave qui porte la livrée de son maître; qu'importe, si elle a perdu sa puissance, si elle ne résiste plus par sa propre force, par son individualité, pour ainsi dire; si elle ne peut plus opposer aux caprices et aux outrages des novateurs que le stérile effort des critiques? Si la langue est destinée à périr, qu'importent les débauches qui préludent à ses funérailles ?

Mais nos jeunes auteurs ne croient pas qu'ils n'ont plus qu'à conduire le deuil d'une décadence littéraire. Ils se trouvent pleins de vie, pleins d'avenir, et je suis bien de leur avis; l'avenir de notre littérature est immense. Mais à quelle condition? A la condition de se modérer, de se contenir, qui n'est pas moins la règle de l'intelligence que celle du cœur, qui régit le monde littéraire comme le monde politique. Quel est le mal qui nous travaille aujourd'hui? C'est l'intempérance des opinions, l'intrépidité des consciences, c'est l'ardeur immodérée des ambitions et des vanités de toute espèce. Dans la politique, notre orgueil refuse de plier sous le joug des lois que nous avons faites; dans la littérature, nous résistons à l'autorité de la langue, la seule cependant qu'une critique libérale puisse invoquer aujourd'hui, la seule qui ait droit de survivre à la ruine des traditions. Une langue, comme l'a dit M. Thiers, c'est, à une époque donnée, une convention comprise et acceptée de tout le monde; c'est une charte qui engage ceux même qui ne l'ont pas jurée. Cette convention est établie sur de certaines bases fixes et immuables : voilà pour le fond de la langue ; elle se modifie dans ses termes sans jamais s'altérer dans ses conditions essentielles : voilà pour le progrès. Il me semble que notre siècle a fait au progrès une part assez large, et pourtant la langue n'a pas péri ; c'est que les novateurs n'ont pas encore pu ébranler le terrain où elle repose ; la convention a été plus forte que le mauvais goût, elle s'est fait respecter ; et c'est une justice à rendre à tous nos grands écrivains, tous ils ont donné l'exemple de ce respect fidèle, de ce respect conservateur de la langue. Leur style se rapporte à un certain type commun qu'ils ont reproduit avec plus ou moins de variété, plus ou moins d'éclat, mais qui leur a suffi pour exprimer toutes les idées, tous les sentimens qui sont du domaine de l'intelligence et du cœur. Aucun d'eux n'a eu la pensée de bouleverser la langue et de s'élever sur ses ruines ; aucun d'eux (je parle des grands écrivains) n'a essayé d'en briser le moule. Aussi ont-ils acquis une gloire véritable.

Malheureusement pour la gloire de M. Sainte-Beuve, il a tenté, dans son dernier roman, de fonder, je ne dirai pas une nouvelle école de style, à Dieu ne plaise que je lui en fasse un reproche! c'est une nouvelle langue qu'il a voulu instituer. Il s'est affranchi, aussi complétement qu'il était possible, du joug salutaire de la convention ; il a dédaigné le vieux langage de nos pères ; il a bouleversé le nôtre, et il est parvenu à créer un nouveau genre, un genre que je demande la permission d'appeler le *genre étrange*.

J'ai cherché avec conscience, je l'avoue, en étudiant le

style de M. Sainte-Beuve, si le défaut que je signale dans sa manière n'appartient pas plus spécialement à la partie mystique et analytique de son ouvrage, et si la bizarrerie, l'étrangeté de la forme ne se rattachent pas, après tout, à l'étrangeté des idées. Mais non, M. Sainte-Beuve n'analyse pas toujours ; ses plus longues extases ont une fin ; ses immersions catholiques dans « les saintes et ardentes fontaines de l'amour divin, » ses promenades inquiètes et mélancoliques sur « le beau lac » qui personnifie si étrangement madame la marquise de Couaën, ses allégories, ses métaphores à perte de vue ne remplissent pas tout son livre. M. Sainte-Beuve n'est pas toujours dans les nuages ; les aventures qu'il se charge de raconter, les tristes habitudes et les passions de son héros le ramènent à chaque instant sur la terre. Il est obligé de nous donner souvent le détail et le menu de la vie humaine, et de nous entretenir, bon gré malgré, de choses simples, naturelles, ordinaires. Ainsi, par exemple, et je choisis cette circonstance entre mille, son héros voyage ; il voyage en compagnie de M. et de madame de Couaën et de leurs enfans. Madame de Couaën est triste ; le marquis est tout absorbé dans les projets d'une conspiration royaliste ; Amaury, tourmenté de son amour, le contient à peine ; les jeunes enfans s'abandonnent à la gaieté de leur innocence et de leur âge. C'est assurément là une situation, sinon vulgaire, du moins naturelle et simple, et il semble que pour la peindre avec intérêt, avec vérité, il n'y faut pas grand effort. Eh bien ! M. Sainte-Beuve a voulu échapper à cette facilité, à ce naturel ; il a voulu sortir du langage convenu, et il s'est donné un mal infini pour être faux, étrange, inintelligible :

« Nous quittâmes Paris après beaucoup d'adieux à ma-
» dame de Cursy. Notre retour, par des pluies continuelles,
» fut morne et peu riant. Madame de Couaën demeurait
» pâle, préoccupée ; le marquis s'absorbait en silence dans
» les desseins qu'il venait d'explorer de près ; et moi, outre
» l'inquiétude commune, j'avais mon propre désordre,
» l'embrasement et la lutte animée sur tous les points inté-
» rieurs. Si je m'occupais avec quelque attention des enfans,
» qui seuls n'avaient pas changé en gaieté, mes yeux, ren-
» contrant ceux de madame de Couaën, constamment
» attachés à ces chers objets, y faisaient déborder l'amer-
» tume. Dans ce court voyage, si gracieux au départ, et
» durant lequel rien d'effectif en apparence, rien de maté-
» riellement sensible n'était survenu, que de calme détruit
» sans retour, que d'illusions envolées ! Infirmité de nos
» vues et de nos désirs ! Un peu plus d'éclaircissement çà
» et là, un horizon plus agrandi sous nos regards, suffisent
» pour tout déjouer ! »

Un peu plus d'éclaircissement ! Amaury s'en plaint ; mais après l'avoir lu, on se sent tout enclin à en souhaiter encore davantage.

Ailleurs, M. Sainte-Beuve trace le portrait du marquis de Couaën :

« Noble figure, déjà labourée, un front sourcilleux, une
» bouche bienveillante, mais gardienne des projets de
» l'ame, le nez aquilin d'une élégante finesse ; quelques

» minces rides vers la naissance des tempes, de ces rides
» que ne gravent ni la fatigue des marches ni le poids du
» soleil, mais qu'on sent nées du dedans, à leurs racines
» attendries et à leur vive transparence. Son regard parfai-
» tement bleu, d'un bleu clair et dur, appelait à la fois
» mon regard et le déjouait; fixe, immobile par momens,
» il n'avait jamais de calme; tourné vers la beauté des cam-
» pagnes, il ne la réfléchissait pas (cette idée est fort belle).
» Ce champ d'azur de son œil me faisait l'effet d'un désert
» monotone qu'aurait désolé une insaisissable ardeur. »

Une autre fois, Amaury fait un retour plein de tristesse vers les premières années de son enfance :

« Comme les souvenirs ainsi communiqués nous font
» entrer dans la fleur des choses précédentes, et repoussent
» doucement notre berceau en arrière! Comme ils sont les
» nuées de notre aurore et le char de notre étoile du ma-
» tin ! Les plus attrayantes couleurs de notre idéal, par la
» suite, sont dérobées à ces reflets d'une époque légèrement
» antérieure où nous berce la tradition de famille et où
» nous croyons volontiers avoir existé. Mon idéal, à moi,
» quand j'avais un idéal humain, s'illuminait de bien des
» éclairs de ces années dont je n'ai pu recueillir que les
» échos. »

Voici maintenant un dialogue amoureux.

« Où couriez-vous tout à l'heure? me disait-elle un soir.
» — J'avais aperçu là-bas, répondis-je, une forme fine et
» blanche dans l'ombre, et je croyais que c'était vous; mais
» ce n'était qu'un lis, un grand lis, que d'ici, à sa taille

» élancée et à sa blancheur dans le sombre de la verdure, » on prendrait pour la robe d'une jeune fille. — Ah! vous » cherchez maintenant à raccommoder cela avec votre lis, » s'écriait-elle vivement et d'un air de gronder; je veux » bien vous pardonner pour cette fois d'avoir passé si près » sans m'apercevoir; mais prenez garde! Celui à qui pa- » reille faute arriverait deux fois de suite, ce serait preuve » qu'il n'aimait pas vraiment; il y a quelque chose dans » l'air qui avertit. — De tels mots, comme vous pouvez » croire, rachetaient en moi l'effet de bien des médiocrités. » Je les racontais à mon ami, arbitre sûr en ces gracieuses » matières; il me montrait en échange des lettres humides » encore du langage dont s'écrivent les amans; et je rap- » portais de ces conversations sensibles, toutes pétries de la » fleur des poisons, un surcroît de chatouillement et une » émulation funeste. »

Je termine par le récit d'une promenade, une promenade champêtre :

« Dans ces derniers temps du combat (le combat de la » raison et des sens), à chaque reprise des obscurcissantes » délices, il m'en restait un long sentiment de décadence » et de ruine. Pour en secouer l'impression pénible, pour » tromper un peu cette fuite précipitée de moi-même et de » ma jeunesse, dans la plaine des environs, à plusieurs » lieues à l'entour, ou par un ciel voilé d'avril, ayant à » la face un petit vent doux et mûrissant, ou par ces jours » non moins tièdes et doux d'une automne prolongée, » jours immobiles, sans ardeur et sans brise, quand il

» semble que la menue saison n'ose bouger de peur d'éveil-
» ler l'hiver, — j'employais les heures d'après-midi à par-
» courir à pied de grands espaces; et, m'enhardissant ainsi
» en liberté et en solitude, j'essayais de croire que je n'avais
» jamais été plus avide, plus inépuisable à tous les vœux
» et à tout l'infini de l'amour. Et, en d'autres jours, où
» rien ne s'était commis, éprouvant jusqu'à la moelle un
» apaisement profond, au lieu d'acquiescer et de bénir et
» de reconnaître avec joie que l'âge féroce expirait, je me
» repentais de moi, je me trouvais moindre en face de l'u-
» nivers, irrité, humilié de toute cette poussière des êtres
» qui volait dans les nuages, et que mon énergie première
» se serait crue suffisante à enflammer. »

J'aurais pu multiplier ces citations, mais je m'arrête. J'ai voulu montrer, sous quelques-unes de ses faces et dans les endroits qui semblaient comporter une certaine simplicité facile et naturelle, le défaut dominant du style de *Volupté*, et je crois avoir atteint mon but. S'il m'en coûte de livrer ainsi, toutes vivantes, au jugement sévère du lecteur, des pages d'un si consciencieux travail, je me serais reproché bien davantage, à l'égard d'un écrivain de si grand renom, une censure dépourvue de preuves. J'ai donc cité l'auteur pour justifier le critique.

Loin de moi la pensée de refuser à M. Sainte-Beuve le talent que d'autres ont admiré dans son ouvrage. Je pense au contraire qu'il lui a fallu d'incroyables ressources dans l'esprit et une force de résolution peu commune pour entreprendre l'épreuve qu'il a fait subir à notre langue, et qu'il a soutenue, l'espace de six cents pages, sans découragement et sans relâche. Je crois que c'est à la sueur de son front qu'il a écrit son livre, et c'est là un mérite, par un temps de molles convictions et de rapides études comme la nôtre. M. Sainte-Beuve, lui, ne songe pas à s'abandonner à la facilité de notre époque; c'est plutôt un courant qu'il s'efforce de remonter. Il n'obéit pas à la langue, il l'asservit, il la domine; il la conduit par des chemins qu'elle n'a jamais pris; il lui apprend un métier qu'elle n'a jamais fait, pour lequel elle n'est pas née. Les mots, sous la plume de M. Sainte-Beuve, sont presque toujours détournés péniblement de leur sens naturel et primitif; ils jouent les rôles que leur distribue le maître, en dépit de leur destinée. On dirait, qu'il me pardonne la comparaison, des esclaves ramenés par le fouet dans l'enclos du planteur inexorable, ou ces jeunes soldats d'Italie exercés à la manœuvre par un caporal autrichien.

Je n'exagère pas. Ce qui me frappe surtout dans le nouveau style de M. Sainte-Beuve, c'est l'esclavage de la langue. M. Sainte-Beuve l'a disciplinée pour lui, il l'a façonnée pour son usage particulier. Il s'en sert comme d'un instrument dont il a été l'inventeur et dont il connaît seul le secret. Jamais, non, jamais la langue française n'avait subi un traitement si dur; jamais pareille autocratie n'avait pesé sur elle. Nos grands écrivains se comportaient tout autrement avec cette noble langue. Ils se laissaient aller à sa facilité, à sa douceur, à la liberté, à la souplesse de ses allures naturelles; ils avaient, si je puis m'exprimer ainsi, la main légère, et ne lui brisaient pas le mors dans les dents. Et cependant un critique ingénieux a cru pouvoir comparer M. Sainte-Beuve aux écrivains du dix-septième siècle qui ont eu plus spécialement le mérite qui lui manque; il a cité Fénelon, madame de Sévigné, les solitaires de Port-Royal! C'est une étrange flatterie. Je demande comment on a pu confondre la phrase libre, ample et flottante de cette époque littéraire, cette grande phrase dans laquelle les mots viennent se placer comme d'eux-mêmes, sans travail et sans effort; cette phrase toujours simple, toujours légère sous les plus riches ornemens, avec le style guindé, tourmenté, bizarrement atiffé qu'affecte M. Sainte-Beuve, ce style parvenu qui porte si gauchement sa parure, ce style bourré de mots sonores qui sont tous là pour jouer péniblement un rôle imposé; en un mot, je demande comment on a pu comparer la phrase de Fénelon, cette phrase si saine et si leste, avec ce style gonflé, repu, qui crève de plénitude, qui étouffe sous la métaphore, qui mourra d'apoplexie!

Je veux pourtant, avant de finir, faire une concession aux admirateurs du style de *Volupté*. Ce style est bon à voir de loin; il lui faut la perspective comme aux décorations d'opéra. Vu à distance, il produit une certaine émotion, une sorte d'ébranlement nerveux qui n'est pas sans charme; il est éblouissant, il est sonore; vu de près, le tissu paraît grossier, le dessin étrange, la broderie de mauvais goût. De loin, ce style est tout or, tout bruit, tout azur, toute lumière; de près, cet or paraît faux, cette vive lumière fatigue les yeux, ce grand fracas fait saigner les oreilles. Il faut donc, si l'on veut jouir du style de M. Sainte-Beuve, ne pas l'analyser, ne pas l'étudier, n'en pas faire la critique; en un mot, il ne faut pas en approcher de trop près; de même que, si l'on veut jouir d'un spectacle, il ne faut pas entrer dans la coulisse.

ANALYSE

DE LA

CORRESPONDANCE

DE

VICTOR JACQUEMONT,

PENDANT SON VOYAGE DANS L'INDE.

ANALYSE

DE LA

CORRESPONDANCE

DE VICTOR JACQUEMONT

AVEC SA FAMILLE ET PLUSIEURS DE SES AMIS,

PENDANT SON VOYAGE DANS L'INDE.

(1828—1832.)

I.

Le 26 août 1828, la corvette de S. M., *la Zélée*, appareilla de Brest, en destination pour le Bengale, ayant à bord M. de Meslay, nommé gouverneur de Pondichéry, et Victor Jacquemont, jeune naturaliste français, envoyé par le gouvernement pour entreprendre un voyage scientifique dans les Grandes-Indes.

Nous laisserons voguer *la Zélée*, cap au Sud et vent arrière, sans l'accompagner dans le cours de sa longue navigation; car *la Zélée* est un fort respectable bâtiment, très-sûr et très-solide, mais lourd marcheur, et nous perdrions bien du temps à la suivre. Nous n'avons mot à dire non plus de l'équipage, tous excellens marins qui savent parfaitement prendre la hauteur du soleil à midi, mesurer la distance de cet astre à la lune, calculer méthodiquement leur point sur le chronomètre, mais qui, pour le moment, ne nous apprendraient pas autre chose, si ce n'est peut-être à chanter des chansons de Béranger du matin au soir.

Il y a un des passagers de *la Zélée* que cette musique n'amuse pas; c'est Victor Jacquemont. Victor Jacquemont consacre à ses livres, à ses cahiers, tout le temps qu'il ne passe pas à philosopher sur le pont avec M. de Meslay, le seul philosophe du bord après lui. Jacquemont travaille, écrit, compulse, dessine, travaille sans relâche, « mais, » dit-il, je ne sais pas le faire bien sur le pouce, comme » les maçons déjeunent. Un peu de tranquillité m'est » nécessaire. Béranger peut compter sur douze balles de » plomb dans la tête, si, à mon retour en France, on » avait la fantaisie de faire de moi un *Rey netto*. Figurez- » vous qu'ils sont ici une cinquantaine au moins, officiers » ou soldats, qui, du matin au soir, chantent à la fois, » chacun dans le ton qui lui plaît et sans y demeurer fidèle, » ce que nous autres libéraux nous appelons les odes de » ce grand poète. Cet abominable charivari dont Béran- » ger fournit la matière première, me le fait prendre en » horreur. » A part cette grande colère contre Béranger, Victor Jacquemont est un marin très-inoffensif et très-commode, du moins pour ses correspondans ; il leur fait grace de toute poésie descriptive, à propos de la mer, de la lune et des étoiles ; car la mer l'ennuie ; il est sans passion, sans poésie, sans illusions devant ce spectacle éternel d'un horizon monotone qui chaque jour recule sans se renouveler. Mais en revanche, toutes ses lettres datées de *la Zélée* sont remplies d'observations positives, d'ingénieux récits, de réflexions neuves et piquantes sur tous les pays où le bâtiment relâche, Sainte-Croix de Ténériffe, le Brésil, le Cap, l'île Bourbon ; Jacquemont visite ces contrées en courant, et il en parle avec savoir et profondeur.

Nous arrivons dans l'Inde. *La Zélée* vient de mouiller devant le fort William de Calcutta ; c'est le 5 mai 1829, huit mois après son départ de Brest. Victor Jacquemont, habillé de noir de la tête aux pieds, et dans la plus grande tenue, saute sur le rivage, se jette dans un palanquin avec un énorme paquet de lettres de recommandation, crie aux porteurs : « *Pirsonn sahèbka ghœurmé!* » Et le voilà parti pour la maison de M. Pearson, avocat-général, par laquelle il commence le cercle de ses visites aux notables Anglais de Calcutta.

Il nous faut connaître maintenant avec plus de détails ce jeune Français ainsi jeté par un vaisseau du roi sur une terre étrangère, à quelques mille lieues de son pays, seul, absolument seul, avec tant de dangers, tant d'aventures, tant de misères en perspective ; il nous faut le connaître tel qu'il est ; car nous avons bien peur qu'avec son habit noir, ses 2000 écus de haute solde et son bagage épistolaire, il ne soit médiocrement recommandé auprès des nobles représentans de la Royale Compagnie, s'il ne paie prodigieusement de sa personne, s'il n'a du cœur, de l'esprit, beaucoup de bonne humeur, beaucoup de science, des qualités solides, des mœurs élégantes, l'indépendance de l'ame et du caractère. Fort heureusement Victor Jacquemont a tout cela.

Victor Jacquemont était un de ces jeunes hommes nés avec le siècle, qui n'avaient connu de l'Empire que sa gloire militaire pour l'avoir mainte fois gâtée en vers latins au collége; que la Restauration, un instant libérale, avait ensuite comprimés quand ils avaient voulu prendre leur essor, et qui pourtant s'étaient associés avec quelque confiance à toutes les espérances d'amélioration et de progrès qu'avait généralement inspirées l'avénement du ministère Martignac. Passionné pour l'étude, avide d'émotions scientifiques, impatient de trouver une carrière à l'incroyable activité de son esprit; mais obscur, sans autres antécédens que quelques essais de critique et des voyages de recherches géologiques en France, en Suisse et en Amérique, où de cruels chagrins l'avaient quelque temps exilé, sans autre fortune qu'une instruction immense, Victor Jacquemont avait accepté avec enthousiasme la mission que lui avait confiée le choix intelligent du Conservatoire d'Histoire naturelle; et il avait compris que sa destinée, en le conduisant aux Indes pour y faire collection de plantes, de couches coquillières et d'animaux, le chargeait aussi d'y représenter la France, et particulièrement cette génération si ardente, tant calomniée, mais si estimable dans sa vivacité même, à laquelle il appartenait. Ce qu'on appelait alors la jeune France(ce mot, Dieu merci, n'était pas encore tombé dans le monopole des coteries littéraires), toute cette jeunesse vraiment studieuse, vraiment sérieuse, qui se pressait autour de la chaire de Villemain, qui assiégeait le laboratoire de Thénard et l'amphithéâtre de Cuvier; qui se passionnait pour Talma, pour Mme Pasta, jusqu'aux larmes; cette jeunesse si enthousiaste et si patiente, à qui le dernier siècle avait légué le scepticisme religieux et la philanthropie cosmopolite ; qui, chemin faisant et grace aux écrits des immortels publicistes de cette époque, Guizot, de Broglie, Royer-Collard, se recomposait une morale ; qui avait ses sages pour la délibération, ses guides pour la marche, ses héros pour le combat; que l'expérience gagnait chaque jour, tandis que l'esprit de réaction précipitait de plus en plus les conseils de Charles X ; cette jeunesse, dont l'infortuné Georges Farcy est le type au 29 juillet, Victor Jacquemont fut pendant trois ans son véritable représentant, son plénipotentiaire habile et fidèle aux Grandes-Indes.

Suivons-le maintenant.

La première découverte que fit Victor Jacquemont après avoir parcouru pendant quelques jours les salons anglais de Calcutta, ce fut qu'avec sa lettre de change de six mille francs, il était effroyablement pauvre. En effet, qu'allait-il faire aux Grandes-Indes? Voyager. Or, à quel prix voyage-t-on dans les Indes? Telle fut la première question que notre jeune compatriote se posa; voici ce qu'il apprit : un capitaine d'infanterie anglaise (pour Victor Jacquemont était-ce caver au plus fort?) un simple capitaine ne se met pas en route sans être accompagné de vingt-cinq domestiques pour le moins, savoir: un pour sa pipe, un pour sa chaise percée, sept ou huit pour planter sa tente, trois ou quatre pour sa cuisine; plus un relai continuel de douze hommes pour porter le palanquin dans lequel le héros s'étend lorsqu'il est las d'aller à cheval. Un collecteur anglais en tournée emmène sa femme, son enfant. Il a un éléphant, huit chariots pour les bagages, deux cabriolets, un char pour l'enfant, six chevaux de selle et de voiture, et, pour le transporter d'un *bungalow* (auberge officielle où il y a les quatre murs) à l'autre, 60 à 80 porteurs, indépendamment d'une soixantaine de domestiques de sa maison. Il fait trois toilettes par jour, déjeune, tiffine, dîne, et le soir prend son thé comme à Calcutta, sans en rien rabattre; cristaux, porcelaines sont dépaquetés, empaquetés du matin au soir, argenterie brillante, linge blanc, tout le reste à proportion.

Ce train de vie coûte cher, et pourtant un Anglais qui se respecte ne peut voyager à moins de frais. Mais la vieille dame (c'est la Compagnie anglaise, dans le langage des Indiens) a généreusement pourvu à ces dépenses. Un capitaine anglais a 30,000 , fr. de traitement; le surintendant du Jardin Botanique en a 80,000; un collecteur en a 100,000 , sans compter les profits ; le *chief-justice*

200,000; l'avocat-général, le respectable M. Pearson, de 4 à 500,000; le gouverneur de l'Inde a plus d'un million. Lord William Bentink voyage avec trois cents éléphans, treize cents chameaux, huit cents chars à bœufs; et deux régimens, l'un d'infanterie, l'autre de cavalerie, lui servent d'escorte.

Victor Jacquemont fut très-émerveillé de tant de magnificence; puis il calcula ce qu'il lui en coûterait pour voyager comme le moins magnifique de ces seigneurs, mais s'apercevant que le plus modeste équipage dépasserait encore ses moyens, il résolut de solliciter du gouvernement français le mieux justifié de tous les crédits supplémentaires, et d'attendre à Calcutta l'effet de cette demande, que devaient appuyer à Paris les plus honorables amitiés. Il attendit, il attendit long-temps! c'est une justice à rendre au gouvernement représentatif!

Le récit de son séjour à Calcutta pendant les sept mois qui précédèrent son départ, est l'histoire de la plus miraculeuse hospitalité dont aucun voyageur ait jamais fait mention; et c'est ici que nous allons commencer à nous admirer, toute modestie à part, dans les prodiges de cet esprit français dont Victor Jacquemont est, comme nous l'avons dit, un modèle si achevé, un représentant si fidèle. Le premier miracle qu'opéra l'esprit français de Victor Jacquemont, ce fut de rendre les Anglais aimables. « Que » ma fortune est bizarre avec les Anglais! écrit-il (à mademoiselle de Saint-Paul). Ces hommes qui paraissent si » impassibles et qui, entre eux, demeurent toujours si

» froids, mon abandon les détend aussitôt; ils deviennent » caressans malgré eux, et pour la première fois de leur » vie. » En effet, Jacquemont est admis, recherché, caressé, dans les plus grandes maisons de Calcutta : on l'invite chez le gouverneur, il loge chez le grand-juge; il passe des mois entiers chez l'avocat-général; il est l'ami, le commensal, le confident du commandant de l'armée; on le demande partout, et partout il rencontre ce luxe tout nouveau de bienveillance britannique; partout sa gaieté spirituelle, sa noble franchise lui ouvrent le cœur de ses hôtes. Et pourtant Jacquemont ne sait guère flatter leurs habitudes : à table, tandis que les Anglais s'abstiennent religieusement de tout mélange d'eau avec les vins les plus recherchés d'Espagne et de Portugal, lui ne boit que de l'eau sucrée; les Anglais font trois repas par jour, lui déjeune avec du thé et dîne avec du riz. Le dimanche, jour d'observance ascétique, il s'en vient jouer très-déterminément aux échecs avec sir Charles Gray, le *chief-justice*, qui n'oserait une pareille énormité avec d'autres. Il dort la nuit, ce qui n'est pas, comme on sait, une habitude anglaise, surtout dans l'Inde; il se lève au petit jour, quand les Anglais se couchent; il fait une guerre à mort aux plates conversations de leurs interminables dîners, les questionne, les contredit sur tout, sur leur commerce, sur leur administration, sur leurs revenus, sur leur marine; et, malgré son audace, malgré sa pauvreté, Jacquemont n'en est pas moins l'enfant chéri de toute cette société de sensualistes anglais. « Toute leur glace, dit un ingénieux biographe, vient se

» fondre à son ardente sensibilité. » On l'héberge, on le voiture; il a maison de ville et maison de plaisance, tout un musée pour lui seul; il entre, il sort à tout propos. « J'ai fait révolution chez eux, dit-il, y introduisant l'usage » des visites à toute aventure, le soir, après dîner, à l'effet » de causer, etc. » C'est donc la causerie française importée aux Indes, la causerie selon le cœur et selon l'esprit, sceptique, enthousiaste, enjouée, sévère, mobile, universelle; cette inimitable causerie des salons parisiens, avec tout son charme, tout son abandon, toute sa liberté. Mais rendons justice aux Anglais de Calcutta; c'est par cette liberté même, c'est en portant sa pauvreté avec cette noble indépendance, c'est en l'honorant par un si grand esprit et un si bon cœur, que Victor Jacquemont parvint à plaire à ses nobles hôtes, et à se concilier cette bienveillance délicate et cette haute estime qui ne le flattait si fort que parce qu'elle rejaillissait sur le nom français.

Cependant, le temps s'écoulait dans ce doux commerce; les supplémens demandés n'arrivaient pas. Jacquemont, humilié d'attendre si long-temps l'aumône législative, résolut enfin de partir. Avec les économies qu'il avait apportées de France, et ses épargnes depuis six mois, il se trouvait, comme il le dit, à la tête de 12,000 f., et il ne lui en fallait pas davantage pour voyager un peu moins bien qu'un sous-lieutenant de l'armée anglaise. Il se mit en route.

Nous allons le suivre jusqu'à sa première étape; car de ce jour seulement nous sommes dans l'Inde. Tout à l'heure nous étions encore en Europe; Calcutta, c'est une ville anglaise. Maintenant, nous allons voir des Indiens, des mœurs indiennes; nous pourrons juger d'un voyage indien.

Jacquemont voyage à cheval, suivi de son service, de ses bagages et de ses chariots traînés par des bœufs. Il est enveloppé d'une grande robe de chambre de nanquin, avec une grosse étoffe de soie bien chaude pour ceinture; le tout surmonté de sa figure pâle, éclairée par des lunettes et coiffée d'un énorme chapeau de paille couvert de taffetas noir; cet accoutrement fait de notre savant compatriote un objet de curiosité très-vive pour les naturels du pays, lesquels, en toute rencontre, lui rendent avec usure l'attention indiscrète et quelque peu niaise que nous accordons à leurs pareils dans les rues de nos villes d'Europe. Jacquemont chevauche, en tête de sa caravane, avec deux pistolets de calibre dans ses fontes; mais, ce qui est un grand scandale pour les Anglais, il ne porte ni fouet, ni éperons; car son cheval, impatient de revoir les cimes de l'Himalaya d'où il est venu, lui fait mille tours pendables, et Jacquemont n'a pendant quelque temps d'autre souci que de se maintenir en bonne intelligence avec lui. Le service du cavalier et de sa monture est réparti entre six domestiques, dont trois pour le cheval; le premier l'étrille, le second lui coupe de l'herbe, le troisième lui apporte à boire. Viennent ensuite le grand-maître de la garde-robe, préposé à la garde des bagages, puis le maître d'hôtel qui fait la cuisine et sert à table (quand Jacquemont trouve une table), et enfin le laveur d'assiettes (Jacquemont a deux assiettes). Chacun de ces domestiques est armé; les deux premiers, ceux du cheval, courent à côté de leur maître, la carabine au poing, quand il lui plaît de galoper; et ils font avec lui, en suivant toutes ses allures, de six à sept lieues par jour. Le soir, tous ces pauvres diables soupent comme ils peuvent, puis se couchent autour de la tente de leur seigneur, et dorment habituellement d'un profond sommeil, pendant que d'honnêtes Sipahis font sentinelle à la porte.

C'est une vieille coutume indienne, entretenue par le laisser-aller de l'opulence anglaise, qui a réglé, ainsi que nous venons de le voir, le service des hommes à gages. Chacun a sa charge, travaille le moins possible, est paresseux, stupide et menteur, et refuse très-décidément tout service qui n'est pas dans son emploi. Ainsi le cheval mourrait de faim sans le *gassyara* (coupeur d'herbes), ou de soif sans le *beetcheti* (porteur d'eau). Les deux assiettes de Jacquemont risqueraient fort de n'être jamais lavées sans l'utile serviteur qui est revêtu de cette charge; ainsi des autres. Ce respect pour la spécialité du service fait partie des priviléges de la nation indienne; et il ne serait pas prudent d'y manquer. Jacquemont en est persuadé, et pendant quelque temps il se tient dans la règle avec toute rigueur. Mais un matin il lui prend fantaisie de faire une révolution parmi ses gens; il appelle le *beetcheti*, lui ordonne de déposer son outre sur un des chariots et de l'accompagner dans un taillis voisin, avec un herbier sous le bras: « Non » pas, dit l'Indien, ce n'est pas mon affaire »; et il prononce ces paroles d'un ton très-suffisant. « Alors, écrit Jacque-» mont, je n'hésitai pas à lui allonger sur-le-champ un » grand coup de pied dans le derrière. » Ce coup de pied dans le derrière fit à lui seul une révolution. La domesticité indienne capitula ; le porteur d'eau mit bas son outre, apprit à sécher des plantes entre deux feuilles de papier; et quant à Jacquemont, cette grande manière d'imposer le respect à des domestiques lui concilia tout d'un coup, et au-delà de tout ce qu'on pourrait croire, la considération des Indiens.

Notre intention, comme on le pense bien, n'est pas de suivre Victor Jacquemont dans son voyage de sept cents lieues à travers l'Indoustan, non plus que dans ce pénible et aventureux pélerinage de l'Himalaya, véritable entreprise que conçoit le génie scientifique, que dirige le bon sens, que soutient la patience, que le courage exécute et mène à terme. Signaler au lecteur les mille incidens, les infinies variétés de cette vie nomade où chaque pas est un progrès, une découverte, où la plus spirituelle originalité se mêle à la plus austère constance, ce serait le priver du plaisir de les rechercher lui-même, et dénaturer cette intéressante histoire en voulant l'abréger. Notre tâche à nous, c'est de suivre à la trace toutes les manifestations de l'esprit français dans ce voyage que Victor Jacquemont lui fait entreprendre aux Indes, et elle dépasse encore beaucoup (tant ces deux volumes sont remplis) l'espace qui nous est accordé. Nous laisserons donc notre infatigable compatriote cheminer lentement, en tête de sa caravane, flanquée de droite et de gauche par une imperturbable escorte de Sipahis en habit rouge, faire ses deux repas matin et soir avec l'éternel pilau, descendre de cheval cinquante fois par jour pour étudier les plantes et les cailloux du chemin, dormir la nuit sous une tente dont les vents déchaînés lui disputent bien souvent la possession ; nous le laisserons traverser Bénarès, la sainte ville, Mirzapoor, Callinger, et tout ce pays de sel et de salpêtre, au sol sablonneux, à l'atmosphère pulvérulente, à la végétation rabougrie, qui s'étend depuis Agra, le long des deux rives désertes de la Jumma, jusqu'à Delhi, la ville impériale; et nous nous arrêterons un moment dans cette magnifique résidence où notre voyageur se repose quelques jours et où de nouveaux honneurs l'attendent. Nous ne parlons plus de l'hospitalité anglaise; elle est prodigieuse, là comme ailleurs. Jacquemont habite une maison somptueuse, environnée de jardins superbes. Qu'il sorte en voiture, en palanquin, ou sur un éléphant, il est suivi par une brillante escorte de cavalerie. Mais il s'agit bien des Anglais ! C'est le Grand-Mogol lui-même, l'illustre descendant de Tamerlan, le respectable Châh-Mohammed-Acher-Rhazi-Badchâh qui veut recevoir dans son palais impérial de Delhi notre modeste compatriote. Ce fut dans le voyage de Jacquemont une mémorable circonstance dont nous voulons donner le récit complet à nos lecteurs; aussi les renvoyons-nous à un prochain article.

II.

Nous avons laissé Victor Jacquemont à Delhi, dans l'attente des brillans honneurs que l'hospitalité du Grand-Mogol lui prépare. Mais écoutons-le ; c'est lui-même qui va parler.

« Savez-vous ce qui a failli m'arriver ce matin ? écrit » Jacquemont à son père. J'ai manqué d'être *la lumière du* » *monde*, ou *la sagesse de l'Etat*, ou *l'ornement du pays* ; » mais heureusement que j'en ai été quitte pour la peur. » Vous allez rire. Le Grand-Mogol, auquel le résident an- » glais avait adressé une pétition pour me présenter à Sa » Majesté, tint gracieusement un *durbar* pour me rece- » voir.

» Conduit à l'audience par le résident avec une pompe » des plus passables, un régiment d'infanterie, une forte » escorte de cavalerie, une armée de domestiques, d'huis- » siers, le tout terminé par une troupe d'éléphans riche- » ment caparaçonnés, le grand-maître des cérémonies me » proclama *mistœur Jakmont sâheb bahàdour*, ce qui si- » gnifie M. Jacquemont, seigneur, victorieux à la guerre. » Alors je présentai mes respects à l'Empereur, qui voulut

» bien me conférer un *khélat* ou vêtement d'honneur, le-
» quel me fut endossé en grande cérémonie sous l'inspec-
» tion du premier ministre; et, affublé comme Taddéo en
» Kaimakan (si vous vous rappelez *l'Italiana in Algeri*),
» je reparus à la cour. L'empereur alors, de ses impériales
» mains, attacha à mon chapeau (un chapeau gris), préa-
» lablement déguisé en turban par son visir, une couple
» d'ornemens en pierreries. Je tins mon sérieux superbe-
» ment devant cette farce impériale, attendu qu'il n'y
» avait point de glace dans la salle du trône, et que je ne
» voyais de ma mascarade que mes grandes jambes en pan-
» talon noir sortant de dessous ma robe de chambre turque.
» L'empereur s'informa s'il y avait un roi en France et si
» l'on y parlait anglais. Il n'avait jamais vu de Français,
» et parut faire infiniment d'attention à la burlesque figure
» qui résultait de mes cinq pieds huit pouces, sans beau-
» coup d'épaisseur, de mes grands cheveux, de mes lu-
» nettes et de mon ajustement oriental par-dessus mes ha-
» bits noirs. Après une demi-heure, il leva sa cour, et je
» me retirai processionnellement avec le résident. Les
» tambours battirent aux champs quand je passai devant
» les troupes avec ma robe de chambre de mousseline bro-
» dée. Que n'étiez-vous là pour jouir de votre postérité! »

Echappé aux honneurs du palais impérial de Delhi, Victor Jacquemont voulut courir le danger d'une chasse au tigre; et il suivit dans les steppes désertes de Kithul de jeunes officiers anglais de la résidence, traînant après eux une armée d'hommes, de chevaux et d'éléphans, et tout un attirail proportionnel de comestibles, de drogues et de *comforts* de toute espèce. La chasse devait durer six semaines et coûter 10,000 fr. Était-ce trop pour chasser des tigres? Mais Jacquemont ne vit pas un tigre. On eut beau battre le pays dans tous les sens, remuer tous les buissons, mettre sur les dents hommes et bêtes, et se désoler, Jacquemont et ses compagnons ne tuèrent que quelques centaines de lièvres et de perdrix, comme ils auraient pu faire dans la plaine de Saint-Denis. Ainsi finit la chasse aux tigres.

Bientôt après, le 12 avril 1830, Jacquemont pénétra dans l'intérieur de l'Himalaya, avec une suite de près de cinquante personnes, tant domestiques que porteurs et soldats d'escorte. Et c'est alors que commence pour lui cette longue série de fatigues, de privations et de misères qu'il supporta pendant plus de cinq mois avec une constance si admirable. Qu'on ouvre sa correspondance, si l'on veut se faire une idée de ses souffrances et de son courage; mais nous, comment les peindre? Il souffre de la faim, de la soif; il est assailli de violentes tempêtes, inconnues sous le ciel d'Europe; il a de longues nuits, glacées, sans sommeil; ses gens se révoltent, et il est seul pour les réduire à l'obéissance; il y parvient, grace à son énergie et à la solidité de son bâton. Une nuit, sous les cimes neigeuses de Kidar-Kanta, dans une forêt élevée à dix mille pieds au-dessus du niveau de la mer, il est saisi de douleurs d'entrailles si atroces qu'il en a le délire. Le froid le torture. Pour échapper à ce supplice, il est obligé de se déguiser de la tête aux pieds. « Je ressemble à un ours blanc, » écrit-il, enveloppé dans de grandes couvertures de laine, » la tête enfoncée dans plusieurs bonnets de soie, les jambes » cachées dans de grosses guêtres, et le visage orné de très- » longues moustaches. »

Mais parmi toutes ces épreuves, sa constance ne l'abandonne pas; il poursuit son œuvre, ses collections se complètent, la sphère de ses idées s'agrandit, et son esprit semble s'élever comme ces montagnes qu'il gravit si péniblement. Chaque jour ajoute plusieurs souvenirs à son journal, plusieurs pages à sa correspondance qu'aucune adversité n'interrompt. Si parfois son ame est triste, c'est quand il songe à sa famille, à ses amis ; c'est quand il interroge autour de lui cette sauvage solitude, sans y trouver un être sensible, un visage bienveillant, un écho qui sache répéter des mots affectueux, un langage sympathique! Alors il s'écrie : « Vivre seul! être seul à sentir! Hélas! » au souvenir que je garderai de ces lieux étranges, pas » un souvenir ami ne viendra s'associer pour me les rendre » chers! » Mais cette mélancolie ne dure pas, d'autres pensées lui succèdent; l'esprit français, la gaieté française se font jour à travers tous ces regrets, comme un rayon de soleil vient percer les brouillards de l'Himalaya ; et il écrit pour rassurer ses amis, tandis que d'orageuses rafales menacent de déraciner sa tente et de renverser la table où il s'appuie : « Dites que je suis dans un pays aussi salubre » que l'Europe, mangeant des pommes et du raisin, bu- » vant du vin du crû (qui est détestable), et enfin,

» Sachez, sachez
» Que les Tartares
» Ne sont barbares
» Qu'avec leurs ennemis !

C'est en effet chez les Tartares, dans le pays de Kanawer, sur les limites de la Chine, que Jacquemont passa l'été de 1830. Étant si près du céleste Empire, il ne put résister au désir de le visiter; et par un beau matin, sans autre passeport que ses cinquante montagnards bien armés, il franchit la frontière. Il avait à traverser tantôt d'interminables déserts, tantôt des populations hostiles; puis il fallait gravir des montagnes plus hautes que la mer de 18,000 pieds, et jusqu'alors inaccessibles. Le seul M. Moorcroft avait pénétré dans cette partie du Thibet, et quoiqu'il eût emprunté le déguisement d'un fakir, il avait péri victime de son zèle, empoisonné, dit-on, par l'ombrageuse police de l'empereur. Jacquemont le prit de bien plus haut avec Sa Majesté chinoise, et fut aussi plus heureux. Ayant mis le pied sur le sol thibétain, et trouvant sur son passage le fort de Bekar qui faisait mine de l'arrêter, il ordonna à ses gens de se former en colonne serrée, et s'avança très-résolument à leur tête. Arrive le commandant du fort, qui se plaint de cette violation du territoire de Sa Majesté; mais comme il approchait beaucoup trop près de Jacquemont, sans mettre pied à terre, l'impertinent! notre digne compatriote se sentit tellement blessé de ce manque de respect, que, transporté de colère, il saisit le drôle par sa longue queue tressée, et le précipita à bas de son cheval. Cette façon de parlementer eut plein succès. La garnison chinoise se rangea tout aussitôt pour laisser passer le *Francis sâheb* avec sa troupe, et les portes de Bekar (si Bekar a des portes) s'ouvrirent respectueusement devant lui.

Jacquemont, avant de quitter le territoire chinois, eut encore à livrer deux ou trois grandes batailles comme celle de Bekar. Mais toujours sa présence d'esprit, sa décision silencieuse et froide ou violente et impétueuse, selon le vent qui soufflait dans le désert, le tirèrent d'embarras; quand il ne réussit pas à frapper de stupeur ses ennemis, il les culbute et il passe. Il fit tant, qu'après avoir visité avec une patience de savant tous les lieux qu'il désirait voir, après avoir été reconnaître la source du Sutledge et celle de l'Indus, sur les bords du célèbre lac Mansarower, après avoir ajouté à ses collections une quantité considérable de plantes nouvelles et de débris organiques, étudié géologiquement un espace immense, à une hauteur à peine croyable, et conduit toute cette expédition, moitié militaire, moitié scientifique, assez rapidement pour que l'empereur, auquel il était venu faire si lestement la guerre, n'eût pas letemps d'user de représailles, il quitta le Thibet, repassa la frontière, chargé de dépouilles opimes, et redescendit dans les plaines de l'Indoustan.

Il suivait la route de Delhi. Un soir, à Shaurunpoor, sur la fin de novembre 1830, et par une belle nuit, comme il venait de se coucher et de s'endormir, après une journée d'études et de fatigue, le galop d'un cheval le réveilla. Sa tente s'ouvrit, un homme y entra précipitamment. C'était un messager apportant une gazette de Calcutta, imprimée dans une forme inaccoutumée, avec ce titre : *The new French revolution!*

Une révolution en France! Jacquemont se jeta sur le précieux bulletin, le dévora des yeux... Oui, c'était bien une révolution! commencée le 27 juillet, consommée le 29! La légitimité vaincue, la loi maîtresse, l'ordre dans Paris, un ordre admirable sous la protection des baïonnettes de l'insurrection victorieuse!..... Telle était la nouvelle qui était venue réveiller Jacquemont; il ne se rendormit pas, mais il crut rêver.

Et qu'on nous permette de demander ici à beaucoup d'honnêtes témoins de cette grande révolution, qui l'avaient vu faire sous leurs yeux, qui avaient entendu gronder le canon et mugir le peuple soulevé, si, le lendemain de leur victoire, ils se croyaient beaucoup plus éveillés que Victor Jacquemont. Il faut bien l'avouer; Paris vainqueur fut comme étourdi de la chute du trône qu'il renversait. Mais la révolution de juillet fut sauvée par sa soudaineté même; cette merveilleuse audace qui s'était si promptement mise au service d'une si bonne cause, fit sa force contre ceux qui n'étaient pas enclins à respecter son principe. Pendant que les rois absolus se frottaient les yeux, et, comme Jacquemont, croyaient rêver, la révolution de juillet s'établit; elle prit racine.

Jacquemont passa la nuit dans ces rêveries et dans cette extase; puis, le matin, il s'endormit, « sans crainte, écri» vit-il, d'être réveillé par de nouveaux coups de fusil; »

réflexion jetée négligemment dans son récit, et pourtant profonde; car elle prouve que, du fond de l'Indoustan, son bon sens avait jugé de la puissance irrésistible et de l'avenir pacifique de notre révolution.

C'est ce parfait bon sens de Victor Jacquemont qui le rendait éminemment propre à représenter la France et la jeunesse française dans l'Inde, au temps de cette mémorable circonstance dont nous parlons. La position était délicate. En effet, Jacquemont vit bien aux empressemens de la foule, aux félicitations qui l'accueillirent, et surtout à l'attention grave et respectueuse dont il devint l'objet de la part de ses hôtes de la Grande-Bretagne, que la révolution de juillet l'avait grandi de plusieurs pieds, et que toute l'importance politique de ce prodigieux événement se résumait en quelque sorte dans sa personne : « Je défie » M. de La Fayette lui-même, écrit-il à son père, d'avoir » donné en un jour plus de poignées de main. »

Jacquemont en conçut un légitime orgueil; mais en même temps il eut le bon esprit de comprendre que l'enthousiasme, assurément très-réel, de ses hôtes pour la nouvelle révolution, couvrait je ne sais quelle anxiété tout anglaise qui avait besoin d'être calmée. L'occasion s'en offrit bientôt; les Anglais la firent naître. Victor Jacquemont était arrivé à Meerut, la plus grande station militaire de la Compagnie dans l'Inde. Les Anglais lui donnèrent une fête. En Angleterre toute fête est un banquet, tout banquet une réunion politique, toute table où l'on dîne une tribune aux harangues. Jacquemont savait tout cela de longue date; il n'en accepta pas moins avec confiance le dîner qu'on lui offrait, et auquel avaient été invités, en nombre considérable, les officiers civils et militaires de la résidence. Jamais séance plus diplomatique, malgré la chaleur des protestations, ne cacha plus de difficultés et plus de piéges sous une joie plus expansive et plus bruyante; car, il faut bien y songer, tous ces convives qui sont là réunis pour boire à la révolution de juillet, sont sujets de la Grande-Bretagne; et quel est le ministre de la Grande-Bretagne? C'est lord Wellington. Et ce jeune homme qui va parler? C'est un représentant de l'éternelle rivale de l'Angleterre, un enfant de la France, un ami de ceux qui ont reconquis la liberté de la France à coups de fusil.

C'était donc un curieux spectacle qu'une pareille fête, donnée à notre spirituel compatriote par cette foule d'Anglais à la fois impatiens et inquiets de l'entendre, comme si de la bouche de ce jeune étranger, si renommé dans l'Inde pour la maturité de son esprit, devait sortir quelque importante prophétie de la destinée de deux grands peuples. Qu'on se représente ensuite, comme un brillant accessoire de ce tableau, au fond, le ciel de l'Inde avec son azur éblouissant; d'un côté, les crêtes sourcilleuses et sombres de l'Himalaya, de l'autre Delhi, la ville impériale, avec ses toits dorés et ses pagodes étincelantes; au milieu une table immense, chargée de bronzes, de cristaux, de magnifique argenterie; des mets exquis dans des porcelaines de la Chine, des vins de France dans les glaces du Thibet; tout autour, les officiers de la résidence, vêtus de leurs brillans uniformes, avec des rubans tricolores à la boutonnière; aux quatre coins de la salle, les couleurs de la France flottant en nobles pavois, confondues avec les drapeaux tant de fois ennemis de la vieille Angleterre; et sur le premier plan, à la place d'honneur, un jeune homme en simple frac; c'est Victor Jacquemont, le héros de la fête. Les santés, les *vivat*, tombent sur lui de toutes parts; c'est une tempête de *toasts* successifs à l'honneur et à la prospérité de la France; le champagne coule par torrens, l'enthousiasme est à son comble.

Jacquemont se lève au milieu de ce tumulte étourdissant; quelle occasion pour faire un discours de propagande! mais Jacquemont ne donna pas dans le piége; il fit un discours libéral et mesuré, tout brillant de métaphores locales qui n'excluaient pas le bon sens, préparé avec une adresse qui s'alliait à la dignité. Nous voudrions pouvoir citer en entier ce *speech* vraiment remarquable, le citer dans sa langue, avec tout ce luxe de phraséologie orientale, si éloigné de la manière habituellement simple et précise de Jacquemont, mais qui empruntait du climat, du lieu, de la circonstance, un singulier éclat; nous voudrions reproduire tout l'effet de ce curieux discours; mais il est fort long; c'est tout le programme de cette politique libérale et pacifique qu'a suivie la France depuis la révolution de juillet, et qu'une sorte de divination révélait en ce moment à notre jeune compatriote. Voici du moins comment l'orateur finissait : nous citons la version anglaise pour ceux qui veulent juger de sa facilité à improviser dans cette langue :

« Gentlemen, believe me that those feelings which I have » so feebly expressed to you through a foreign language, » but which live so warm in my heart, are shared in by » the immense majority of the generation to which I belong, » and which now assumes the political power in my coun- » try. Believe me, that equally proud of british friendship, » equally convinced that the union of France and England, » the leaders of modern civilisation, would prove a bles- » sing to both, and countenance everywhere the generous » efforts of liberty, and secure throughout Europe the » steps of social improvements and promote human hap- » piness; believe me, Gentlemen, that all my country- » men would rise with me and rapturously propose with » me the toast I beg to offer; France and England for the » world (1)! »

(1) « Messieurs, ces sentimens que je vous ai si faiblement ex- » primés dans une langue étrangère, mais que mon cœur éprouve » si vivement, croyez qu'ils sont partagés par l'immense majorité » de la génération à laquelle j'appartiens, et qui vient de conquérir » le pouvoir politique dans mon pays. Soyez persuadés que mes » compatriotes, fiers comme moi de l'amitié de l'Angleterre, » comme moi convaincus que l'union de la France et de la Grande- » Bretagne, ces deux reines de la civilisation moderne, sera pour » nos deux pays une source de prospérité, qu'elle encouragera » tous les généreux efforts de la liberté, qu'elle hâtera dans toute » l'Europe les progrès de l'ordre social, et assurera le bonheur de » l'humanité; croyez, Messieurs, que tous mes concitoyens se » lèveraient avec moi, s'uniraient à mon enthousiasme pour sou- » tenir le toast que je demande la permission de proposer : la » France et l'Angleterre pour le bonheur du monde! »

Ainsi parla Victor Jacquemont. Il venait de prédire l'alliance anglaise, cette conséquence vraiment grande de la révolution de juillet, dont nous doutions alors, qui fait notre principale force aujourd'hui. Il la prédisait du fond de l'Indoustan, à quelques mille lieues du théâtre des événemens, et plus de trois ans avant que lord Palmerston eût fait entendre, dans le parlement anglais, ces paroles mémorables : « Les relations qui unissent la France et l'An-
» gleterre deviennent de jour en jour plus amicales. A me-
» sure que les deux gouvernemens se connaissent mieux,
» ils s'apprécient davantage, et c'est pour moi, je l'avoue,
» un véritable sujet d'orgueil et de satisfaction de songer
» que les préjugés qui divisaient les deux pays sont pres-
» que entièrement effacés (1). »

Ainsi, le bon sens de Victor Jacquemont devançait les événemens, et du premier coup frappait juste sur leurs résultats les plus cachés. Nous le demandons; qu'eût fait de mieux, à sa place, le diplomate le plus consommé?

Il n'eût fait aucune prédiction, de crainte de se tromper.

(1) Séance du 15 mars 1834.

III.

Il est de toute nécessité que ceux de nos lecteurs qui se trouvaient fort bien dans l'Inde anglaise, et qui suivaient avec intérêt les progrès de notre compatriote dans la bienveillance de ses hôtes, se décident à passer le Sutledge, c'est-à-dire à laisser derrière eux ces bonnes tables, ces brillantes réceptions et toute cette vie élégante dans laquelle éclatent la politesse et le génie de l'Europe, pour courir les aventures, dans un pays inconnu, à moitié barbare, sur la foi de la jeunesse et de l'audace de Victor Jacquemont.

Le Sutledge descend des hauteurs inaccessibles de l'Himalaya (inaccessibles, non pas à Victor Jacquemont), et coule de l'est à l'ouest dans un espace de près de trois cents lieues jusqu'à son embouchure dans l'Indus. L'immense Delta formé au nord-est par la chaîne de l'Himalaya, au midi par le Sutledge, à l'ouest par le rapide courant de l'Indus, et dont la pointe est précisément le point de jonction de ces deux fleuves, c'est le Punjaub (*Pend-Jab*, *Penta-Potamis*) qui reçoit son nom des cinq grands cours d'eau qui le traversent et le fertilisent. Le Punjaub est divisé en deux royaumes qui portent le nom de leurs capitales, Lahore et Cachemyr, anciennes villes, autrefois riches, commerçantes et populeuses, l'une et l'autre situées au milieu d'une vaste campagne, et séparées par deux chaînes successives de montagnes qu'on peut considérer comme deux degrés descendans du versant méridional de l'Himalaya ; de telle sorte que, tandis que l'Indus et le Sutledge, au sud, entourent tout le pays comme avec deux bras immenses, l'Himalaya semble compléter au nord le magnifique encadrement de cette contrée.

Au-delà du Sutledge, je voudrais vous montrer un peuple ; mais il y a là je ne sais combien de peuples qui diffèrent par les mœurs, par la religion, par le costume, les uns vivant des autres, les uns cruels et sauvages, les autres abâtardis, corrompus. Ce sont les Mogols, premiers conquérans de ces belles provinces, les Afghans qui ont dépossédé les Mogols, les Sykes qui ont chassé les Afghans. Les Sykes gouvernent, rendent la justice, font la police et la guerre, vont en recette le sabre au côté, le pistolet au poing ; le reste de la population obéit, si elle habite la plaine, ou végète rebelle et misérable dans la montagne. C'est ensuite une confusion de sectes religieuses à défier toute analyse. Il y a des mahométans en extase devant un cheveu, qu'ils appellent *Son Excellence le poil de la barbe du Prophète ;* puis des brahmistes et des bouddhistes à proportion ; puis les akhalis, espèce de moines armés qui vous détroussent sur les chemins, mendians sacrés qui reçoivent l'aumône du voyageur au bout de leur fusil. La population de Cachemyr se distingue dans cette foule par l'éclat de son histoire et la renommée de son industrie, si chère à notre vieille Europe. Comme chez toutes les nations dont la conquête et le pillage ont épuisé la séve, ses mœurs sont douces, sa physionomie est triste. C'est comme une autre Italie; un peuple ingénieux, brillant, habitant d'une riche contrée, qui comptait une longue suite de rois et plusieurs siècles d'indépendance, qui avait rendu le monde entier tributaire de son industrie, succombant après de cruelles guerres, ruiné par l'avidité de ses vainqueurs, corrompu par leurs vices et s'endormant dans l'esclavage, comme pour en rendre le joug plus léger. « A Cachemyr, dit Jacquemont, il n'y a » guère plus de chance de souper pour celui qui laboure, » file ou rame tout le jour, que pour celui qui, en déses- » poir de cause, dort tout le jour à l'ombre d'un platane. » Au Cachemyr comme en Italie, c'est donc la même cause qui condamne les peuples à dormir et les rois à veiller.

Runjet-Sing, le fameux roi de Lahore et de Cachemyr, est, heureusement pour lui, un roi très-éveillé; et il ne faut rien moins que son activité, son génie entreprenant, et les talens militaires de quelques-uns de nos compatriotes qui ont discipliné ses armées, pour maintenir dans l'ordre tant de populations si diverses, et donner une apparence d'unité à cette confusion. Je ne sais pourquoi un géographe d'un rare mérite, M. Adrien Balbi, veut que Runjet-Sing soit mort en 1827; c'est une erreur. Runjet-Sing n'est pas mort; il vivait à l'époque du voyage de Jacquemont, en 1831, et tout porte à croire qu'il vit encore. Runjet-Sing n'est pas un roi très-légitime; c'est un soldat heureux. De simple gentilhomme de campagne devenu chef de bandes, de général roi par la grace de 20,000 bandits intrépides et pillards, il est parvenu à soumettre à son joug toute la confédération des princes sykes, jadis ses égaux, et une partie considérable de l'ancien royaume de Caboul. Ceux qu'il n'a pu réduire encore, lui paient tribut très-religieusement avec l'argent qu'ils volent aux voyageurs.

Runjet-Sing, même en Europe, ne serait pas un homme ordinaire; au milieu de son peuple, c'est un grand homme. Pour Victor Jacquemont, c'est tout simplement un original. Runjet-Sing a 51 ans; il est de moyenne stature et porte une longue barbe blanche. Il est d'une santé chétive, mais d'une grande vivacité d'esprit. Il met son ame en règle tous les ans une fois, en faisant un pélerinage au saint temple de Gourou-Govind-Singh, à Umbritsir ; mais pour lui la dévotion n'est qu'un masque dont il ne fait pas abus. Runjet-Sing est brave, rusé, gourmand, et d'une curiosité qui contraste singulièrement avec l'apathie du caractère indien. Il aime les drogues, et il en commande par centaines qu'il s'amuse à faire prendre à ses amis et à ses domestiques. Il a pour les chevaux une passion véritablement furieuse ; il a fait des guerres meurtrières pour saisir chez un voisin un cheval qu'on lui refusait. Il a un régiment de femmes, casernées dans un sérail, dressées à monter à cheval, et qui manœuvrent au soleil, jambe de çà, jambe de là, comme nos hussards. Voilà Runjet-Sing ; dans le Punjaub, c'est un homme heureux ; roi absolu, général habile, exacteur effronté, ayant une armée de 40,000 hommes, un budget de 50 millions, un cuisinier à l'épreuve et les plus mauvaises mœurs du monde.

Tel est le pays, peuple et roi, que va visiter Victor Jacquemont.

Deux circonstances lui procurèrent bon accueil. D'abord, il était Français, et Runjet-Sing aime passionnément les Français. C'est un officier français, M. Allard, qui commande ses armées; M. Allard est de plus un excellent receveur des finances. Voyez plutôt : « La mère d'une nichée » de petits rajahs (princes) montagnards vient de mourir, » écrit Jacquemont, en laissant neuf lacs de roupies (2 mil- » lions 250,000 fr.) ; les enfans se battent pour l'héritage; » et Runjet-Sing vient d'envoyer M. Allard sur les lieux, » pour leur ôter tout sujet de querelle, c'est-à-dire les neuf » lacs. » Le compatriote d'un si habile financier est sûr d'une réception distinguée auprès du roi de Lahore ; mais il a un autre titre à sa considération ; Runjet-Sing s'est mis en tête que Victor Jacquemont est un envoyé secret de l'Angleterre. Or, savez-vous quelle est la grande préoccupation de Runjet-Sing, quand il ne fume pas le houka, sur le dos de son éléphant, en compagnie de quelque courtisane, au nez de son bon peuple de Lahore, ou qu'il ne court pas la campagne en quête de quelque aventure? L'unique pensée de Runjet-Sing, c'est que la Compagnie des Indes doit finir, tôt ou tard, par engloutir son royaume; et Runjet-Sing a bien raison. C'est ainsi que son royaume finira.

En effet, le Sutledge, qui borne l'empire Anglo-Indien

du côté du Punjaub, est pour les Anglais une détestable ligne de défense militaire; mais en remontant l'Indus par la vapeur depuis Bombay jusqu'à Deyra-Ghazi-Khan, les bâtimens anglais feraient échec à toute armée russe venue de la Perse avec des intentions hostiles, et qui oserait traverser l'Afghanistan. Il est donc du plus haut intérêt pour l'Angleterre d'assurer le cours de l'Indus à sa navigation; et, pour cela, il lui faut de deux choses l'une, ou se concilier le Punjaub ou le conquérir. Le conquérir est plus sûr, et je le lui conseille; car la civilisation et l'humanité n'ont qu'à gagner à cette conquête. Qu'elle attende seulement que Runjet-Sing soit mort; mais qu'elle ne s'y fie pas! « C'est un rusé coquin », écrit quelque part Victor Jacquemont.

Toute la politique de Runjet-Sing se réduit donc, en définitive, à ceci: se défendre contre une invasion anglaise. Mais le roi de Lahore est au gouverneur-général de l'Inde, le Punjaub est à l'établissement anglais comme trois millions sterling sont à vingt-cinq. La liste civile de Runjet-Sing est donc la très-humble servante du gros budget de lord W. Bentinck; il faut qu'elle le caresse, qu'elle le flatte, en attendant qu'elle le trahisse. Aussi Victor Jacquemont fut très-bien reçu; Runjet-Sing le prit pour un espion anglais.

Il n'en était rien, Dieu merci! Jacquemont, à aucun titre, n'eût accepté une mission anglaise et secrète. Si Jacquemont a fait un discours politique à Meerut, c'est au grand jour, vous le savez, et il n'avait reçu mission que de son zèle patriotique. Tout le reste du temps, dans le Punjaub comme ailleurs, il n'a été que l'envoyé du Jardin des Plantes, beaucoup plus occupé des intérêts de la science que des querelles de la politique, et ne dressant d'embûches diplomatiques qu'aux animaux qui peuvent entrer dans ses collections.

Jacquemont voyageait donc pour la science, en dépit des soupçons de Runjet-Sing; mais, bien qu'il ne cherchât pas les aventures, son voyage en fourmille : à chaque instant, l'aventure se présente et dispute le pas à la science ; la science est bien souvent obligée de céder. Heureusement, Jacquemont, qui est un grand savant, est aussi un homme supérieur dans l'aventure. J'en ai déjà cité quelques preuves; mais nulle part sa présence d'esprit ne se montre avec plus d'éclat que sur cette *mer de montagnes*, comme il l'appelle, qui sépare la province de Cachemyr de celle de Lahore. Là, les épreuves sont de tous les jours. Il y a des bandits qui vous rançonnent sur toutes les routes, de longs fusils à mèche qui vous couchent en joue au coin de tous les bois, des voix formidables qui vous crient : « On ne passe pas! » Jacquemont avait beau tirer de sa poche un firman terrible de Runjet-Sing, par lequel il enjoignait à ses amés et féaux de la plaine et de la montagne, non-seulement de laisser passer et circuler librement le *Platon de l'époque*, autrement dit *le seigneur Victor Jacquemont*, mais encore de pourvoir de foin et de paille la suite dudit seigneur, et d'obtempérer à toutes ses réquisitions; lecture faite de ce sublime passeport, les mêmes voix répétaient :

« On ne passe pas », et appuyaient leur défense de quelque énergique menace ; et il fallait, je vous l'assure, bien du mérite pour passer malgré cela.

Jacquemont passait. Une fois cependant il fut pris au piége chez un damné coquin, lequel commandait pour le roi, avec quelques centaines de fusils à mèche, une méchante forteresse dans la montagne. Neal-Sing était son nom. Ce jour-là, Jacquemont n'avait pas trouvé d'obstacle; bien au contraire, des soldats apostés au pied de la forteresse lui avaient servi de guides. A peine arrivé, il se vit entouré de quatre cents brigands qui lui demandèrent l'aumône à bout portant. Leur chef lui déclara que sa volonté était de le retenir prisonnier jusqu'à ce qu'il fût agréable au roi de Lahore de payer, pour sa délivrance, une somme considérable : il s'agissait de trois ans de solde arriérée que S. M. devait à la garnison.

Jacquemont, tombé dans ce guêpier, vit bien qu'il n'y avait qu'un moyen d'en sortir, et qu'il fallait lutter non de force, mais d'impertinence avec cette canaille. « Mon mépris les accabla, écrit-il; ils n'avaient jamais entendu un » de leurs rajahs parler de lui-même comme je le faisais, à » la troisième personne; Runjet-Sing seul le fait dans le » Punjaub; et tandis que je me rendais à moi-même tous » ces respects, je ne leur parlais que comme à des servi- » teurs. Bientôt j'emmenai Neal-Sing comme pour l'entre- » tenir moins publiquement, et je le fis asseoir par terre, » tandis que j'avais fait préparer pour moi une de mes » chaises. Il semblait pressé d'entrer en matière ; mais

» j'appelai mon maître-d'hôtel pour m'apporter un verre » d'eau sucrée, ce qui fut long à préparer. Je commandai à » un autre de mes domestiques de tenir un parasol au-des- » sus de moi; à un autre, de m'éventer avec un plumeau » de plumes de paon. Je pris toutes mes aises, non-seule- » ment sans en rien rabattre de mon ordinaire, mais en y » ajoutant, je vous assure, largement; laissant Neal-Sing » par terre, dans toute son humilité, pour réfléchir en si- » lence sur la grandeur du crime qu'il allait commettre. »

Ce manége eut un commencement de succès; le brigand rabattit de ses prétentions et proposa de relâcher son prisonnier, en ne retenant que son bagage. « Voyager sans » mes tentes! sans mes meubles! sans mes livres! sans mes » vêtemens! s'écria Victor Jacquemont indigné; moi qui » en change deux fois par jour! »

Le temps s'écoulait. Neal-Sing paraissait plongé dans ses réflexions. « J'ordonnai alors qu'on m'apportât du lait. — » N'entendez-vous pas, dis-je à Neal-Sing, que le *seigneur* » désire avoir du lait? Envoyez au plus vite dans les ha- » meaux voisins, afin que l'on en apporte sans retard. — » Je vis partir les hommes qu'on expédia; et quand ils fu- » rent à une centaine de pas, je les rappelai, et je dis à mon » maître-d'hôtel de leur bien expliquer que c'était du lait de » vache, et non de buffle ou de chèvre, qu'il me fallait, et » qu'ils devaient le faire tirer devant eux. »

C'est ainsi que Jacquemont gagnait du temps. Neal-Sing subissait, sans dire mot, l'ascendant irrésistible que prenait insensiblement sur lui son audacieux prisonnier. Enfin, celui-ci croyant le moment favorable, et voulant faire la part du feu, offrit de donner une somme d'argent à titre de cadeau. « Eh bien, oui! donnez-moi deux mille rou- » pies, s'écria Neal-Sing transporté. » Les fusils à mèche criaient : « Dix mille! — Non pas dix mille, ni deux » mille, ni même mille, répliqua Jacquemont, par la » raison que je ne les ai pas; mais en considération de » votre position malheureuse, je vous donnerai cinq cents » roupies. »

Ce fut le dernier période de la crise. Neal-Sing résista quelque temps. Jacquemont tint bon, et le prit de si haut avec son voleur, qu'il accepta les cinq cents roupies « en » se prosternant à terre et en s'écriant qu'il était le plus » fidèle, le plus reconnaissant, le plus dévoué de mes ser- » viteurs, et, si je lui permettais de prendre ce nom, le » plus inviolable de mes amis. » Après cette comédie, Neal-Sing laissa partir son prisonnier, non sans lui avoir fait, à voix basse, la demande d'une bouteille de vin. Jacquemont lui donna une bouteille de râkh, qui lui servait d'esprit-de-vin pour ses préparations anatomiques, et qui était de force à prendre feu dans le gosier du mécréant. Puis il tourna les talons, et redescendit la montagne.

Il nous faut ici prévenir ceux de nos lecteurs qui trouvent que Jacquemont a payé un peu cher le plaisir de mystifier un misérable, que ces roupies données si libéralement ne lui coûtent absolument rien, que la peine de les recevoir; encore est-ce l'office de son trésorier. Du jour où Victor Jacquemont a mis le pied sur le sol du Punjaub, il tombe une pluie d'or dans sa cassette. Runjet-Sing, quand il veut témoigner sa considération aux gens, n'y met pas tant de façons. Au lieu de vous envoyer son portrait ou toute autre bagatelle inutile, il vous fait donner un sac de roupies. Ces bienheureux sacs contiennent 101 roupies, à savoir 250 fr. Arrivé à Cachemyr, Jacquemont avait ainsi reçu, en témoignages solides de la considération de S.M., en preuves sonnantes de son amitié, environ 15,000 fr., sans compter les approvisionnemens de toute espèce, une quantité innombrable de moutons, de poules, de sacs d'orge, de riz et de farine, et, comme il l'écrit plaisamment, « une charge de cachemires à faire trembler tous les » maris. » C'est ainsi qu'on traite les Français dans le royaume de Lahore. Cela ne ressemble-t-il pas un peu à l'Eldorado ?

Je me suis souvent demandé, en lisant ces curieuses lettres, d'où pouvait naître cet incontestable ascendant qu'exercent les Européens sur les indigènes de l'Asie, ascendant tel que la politique bien entendue des gouvernemens de ce pays consiste surtout à nous en défendre la frontière ; et j'ai pensé qu'on pouvait l'expliquer par une cause toute générale, la supériorité du bon sens sur l'imagination. Cette vérité, que je ne veux qu'indiquer ici, éclate à chaque pas du voyage de Jacquemont. Son bon sens triomphe précisément par le côté qui frappe l'imagination des Asiatiques, par sa fermeté, par sa soudaineté, par sa justesse. Les Français ont quelque chose de plus encore, qui les rend considérables en Asie ; ils sont gais, ils sont frondeurs. Je ne sais qui a dit : Les femmes ne plaisent que par leurs défauts. On peut le dire aussi des Français qui voyagent en Asie. Leur esprit léger, frondeur, satirique, c'est là un défaut horrible en présence de la gravité asiatique, et c'est par ce défaut qu'ils plaisent, qu'ils dominent. L'Asie est triste et rêveuse, notre gaieté est étourdissante ; l'Asie est formaliste, notre esprit, libre penseur, saute à pieds joints par-dessus les formes ; l'Asie est superstitieuse et fataliste, l'audace de notre philosophisme brave la destinée et ne s'arrête pas même devant Dieu ! Je l'avouerai, il m'est arrivé quelquefois de trouver Victor Jacquemont bien impertinent. Je tremblais en le voyant jouer ainsi avec les redoutables préjugés de ses hôtes, ou bien exiger des honneurs qui, de temps immémorial, n'appartiennent qu'aux têtes couronnées. Mais il m'en donnait ensuite de si bonnes raisons, il me prouvait si bien que sa considération comme Français, que sa vie même était intéressée à ce manége, que j'aurais été désolé de le trouver plus modeste. « Si dans le Punjaub, dit-il quel» que part, un seigneur quelconque se fût présenté chez » moi sans laisser sa chaussure à la porte, je ne l'aurais » pas reçu, et j'aurais écrit sur-le-champ à Lahore pour » demander à Runjet satisfaction de cette insulte ; mais » c'est une énormité qui ne pouvait venir à l'idée de per» sonne. »

Victor Jacquemont passa en Cachemyr tout l'été de 1831. Il y vécut en seigneur ; logé dans un pavillon royal, sur le bord d'un lac, au milieu d'un jardin planté de lilas

et de rosiers; ayant une cour, un gentilhomme de la chambre à six roupies par mois, une compagnie de gardes du corps qui protégent sa porte contre la mendicité cachemyrienne; tour à tour médecin, savant, haut-justicier, philosophe, aumônier infatigable, correspondant favori de Runjet-Sing qui l'accable de présens, l'inonde de roupies et lui tend des piéges perfides, qui le traite de *demi-Dieu* et le fait espionner; mangeant des cerises, des abricots et des raisins comme à Paris; lisant Sterne pour tenir lieu de l'esprit qui manque à ses courtisans; faisant chasser, pour défendre l'intégrité de son caractère européen, des bandes innombrables de filles impudiques qui assiégent son palais; courant dans les montagnes après les ours et les panthères, qui le lui rendent bien souvent; pêchant des poissons pour M. Cuvier dans le beau lac qui entoure sa maison ; assistant à une émeute religieuse, suivie d'une répression orientale, c'est-à-dire d'un massacre, d'un pillage et d'un incendie; « Enfin, dit Jacquemont dans une piquante lettre qui résume son séjour à Cachemyr et son
» expédition dans le Punjaub, j'ai été pendant huit mois
» un fort grand seigneur, fort riche, fort magnifique, fort
» bienfaisant, et moyennant cela aussi pauvre aujourd'hui
» qu'avant ce singulier voyage. Prisonnier quelquefois,
» diplomate souvent, guerrier le moins qu'il m'était pos-
» sible; car c'est surtout dans l'art de la politique que je
» brille. Vous verrez qu'ils feront de moi un diplomate
» quelque jour. Nos habiles, à ma place, y eussent souvent
» été dans l'embarras. Ces vastes contrées sont fermées à

» la curiosité des Européens par la jalousie assez logique » de leurs maîtres. Jusqu'ici tout va bien pour moi ; me » voici revenu vivant et très-vivant, je vous l'assure, de » Cachemyr, dont les montagnes ne sont pas si hautes, ni » la vallée si pittoresque, ni les femmes si belles, ni les » hommes si fripons qu'on le dit. Mon portefeuille est plein » de lettres de rois. Le successeur de Porus m'écrivait tous » les huit jours, etc. »

Ajoutons, comme dernier trait à ce tableau, qu'au moment où Jacquemont allait quitter le Punjaub, le successeur de Porus lui proposa très-sérieusement la vice-royauté de Cachemyr. Quand Jacquemont vit que son ami Runjet-Sing le prenait avec lui sur ce ton-là, il n'eut rien de plus pressé que de plier bagage ; et le 9 novembre 1831, il repassa le Sutledge.

IV.

Ceux qui voudraient juger de la puissance des Anglais dans l'Inde par les hauts salaires que la Compagnie paie à ses employés civils et militaires, par la force de ses armées, par l'ampleur de son budget, ou même par le luxe de ses fêtes, la richesse et l'impertinence de ses modes, la somptuosité de ses banquets, n'en auraient, suivant moi, qu'une idée fort imparfaite. Leur puissance n'est pas là; elle est presque tout entière dans l'esprit civilisateur et dans l'habileté administrative qui caractérisent cette nation. La Compagnie anglaise des Grandes-Indes, quoique la nécessité l'ait obligée à conquérir d'immenses provinces depuis cinquante ans, n'est pas essentiellement conquérante. Ses conquêtes commencent toujours par l'appauvrir. Il n'y a pas une des provinces conquises par elle qui paie ses frais de gouvernement et d'occupation militaire. Madras est en déficit; Bombay ne couvre pas ses dépenses; les provinces ouest et nord-ouest, récemment acquises, sont au-dessous de leurs revenus. Le Bengale paie pour tous. Quel est donc l'intérêt principal de la Compagnie dans ces immenses conquêtes? évidemment un intérêt de civilisation. Que cet intérêt en cache un autre, que l'esprit de lucre, d'abord armé en guerre, prenne ensuite le masque du philanthrope et trouve son compte à cette métamorphose; que le génie civilisateur ne soit que l'agent et le précurseur du génie financier, qu'à cela ne tienne! Ce n'en est pas moins la civilisation qui commence; c'est elle qui sème; et quand c'est la civilisation qui sème quelque part, ce n'est jamais un gouvernement quelconque, si avide qu'on le suppose, qui fait à lui tout seul la moisson.

Jacquemont, voyageant dans l'Indostan, se trouva un jour au milieu d'un peuple que la baguette magique d'un major anglais avait civilisé comme par miracle. C'était dans les montagnes du Mhairwarra, qu'on pourrait nommer les Abruzzes du Rajepoutanâh, à peu près à moitié chemin entre Delhi et Bombay. « Là, dit-il, j'ai vu un pays dont les » habitans, de temps immémorial, ne connaissaient d'au- » tre manière de gagner leur vie que d'aller piller les con- » trées voisines de Marwar et de Mewar; un peuple de » brigands, maintenant changé en un peuple de laboureurs » et de bergers industrieux, paisibles, heureux! Ni les » chefs rajepoutes, ni les empereurs mogols n'avaient pu » subjuguer cette nation. Il y a quatorze ans tout était à » faire pour elle, et depuis six ou sept ans, tout est achevé. » Un seul homme, le major sir Henri Hall, a opéré ce » miracle de civilisation; et comme je sais que la réflexion » suivante doit être agréable à votre cœur et conforme à vos

» opinions (1), j'ajouterai que le major Hall a pu accomplir son admirable expérience sans faire le sacrifice d'une seule vie.

» Il s'assurait des hommes les plus indomptables en les enfermant, en les chargeant de chaînes, en les condamnant à travailler aux routes. Ceux qui avaient long-temps vécu à la pointe de l'épée, sans être cependant connus pour se livrer à d'inutiles cruautés, il en faisait des soldats ; et ceux-ci devenaient, en cette qualité, les gardiens de leurs anciens camarades, souvent même de leurs anciens chefs. Le reste de la population apprit à cultiver la terre. Le meurtre des enfans du sexe féminin était un usage très-répandu chez les Mhairs ; aujourd'hui cette pratique sanguinaire est abandonnée, et c'est à peine s'il a fallu punir un seul homme pour amener ce résultat. Le major Hall, au lieu de sévir contre les coupables, a fait cesser la cause du crime, l'a rendu inutile, nuisible même à ceux qui le commettaient ; et il n'y en a plus un seul exemple.

» Sir Hall m'a montré, sous les armes, le corps qu'il a levé parmi ces ci-devant sauvages, et je n'en ai jamais vu de mieux discipliné parmi les troupes indiennes. Le major est justement fier de son ouvrage, et il n'a pas épargné ses peines personnelles pour me le faire voir dans son ensemble, pendant le peu de temps que j'avais à passer avec lui. Plus de cent villageois furent appelés des bourgs et des hameaux voisins ; je m'entretins avec eux de leur

(1) Cette lettre est adressée à M. V. de Tracy. Elle est écrite en anglais.

» ancien genre de vie et de leurs occupations présentes; la » plupart de ces hommes avaient versé le sang humain. Ils » me dirent qu'ils ne connaissaient autrefois aucun autre » moyen d'existence, et, d'après leur récit, cette existence » était misérable. Ils étaient nus, affamés; maintenant, » bien que le sol de leurs petites vallées soit pauvre, et que » leurs montagnes soient stériles, tous les bras étant em- » ployés à la culture, ils en tirent de la nourriture et des » vêtemens en abondance; et ils apprécient tellement les » immenses avantages que le gouvernement anglais leur a » procurés, qu'ils lui paient volontiers un tribut qui est » déjà de 500,000 francs, et qui s'accroîtra chaque année » avec la richesse du pays. »

C'est ainsi que procède la politique du gouvernement anglais dans l'Inde. La conquête ouvre la marche, la civilisation arrive à la suite; le percepteur des finances ne vient que long-temps après. La conquête, la civilisation, le tribut, trois faits qui ont chacun leur place, chacun leur temps; système puissant, qui soumet une population de 60 millions d'ames à une armée de 30,000 hommes.

Les journaux anglais nous ont appris récemment que la Compagnie des Indes vient de déclarer la guerre à un rajah du district de Myzore, et d'envoyer une armée pour conquérir ses états. Est-ce un coup de tête de la Compagnie? non, certes; elle ne s'est émue qu'après nombre d'impertinences et de provocations adressées à son gouverneur-général. Et comment procède-t-elle? en mêlant le prosélytisme à la guerre, en déclarant par *ultimatum*, qu'il sera établi dans les provinces à conquérir un *système calculé pour assurer le bonheur du peuple* (1); j'ajoute que ce système aura pour effet d'augmenter aussi les revenus de la Compagnie dans un temps donné. Mais, quoi qu'il en soit de ma prédiction, la Compagnie tiendra sa parole.

Jusqu'où peuvent s'étendre les progrès de la civilisation anglaise chez le peuple indien? jusqu'à la limite, malheureusement infranchissable, que lui assignent les préjugés religieux et domestiques enracinés chez cette nation. Accessibles à la civilisation anglaise dans toutes les habitudes de la vie civile, comme soldats, comme agriculteurs, comme négocians, leur vie domestique est murée; elle n'admet ni nos usages, ni nos mœurs, ni le respect de la femme, ni les saintes et paisibles vertus de la famille; nulle affection, nulle sympathie; les enfans méprisent leur mère, le père maltraite ses enfans; d'implacables jalousies, des haines atroces fermentent dans le cœur des frères. Mais c'est là un mal incurable; les majors Hall, eux-mêmes, n'y peuvent rien. Ainsi, dans le Mhairwarra, tandis que les habitudes civiles pliaient sous le joug, les mœurs domestiques, les préjugés de la famille ont résisté; là une femme est un être impur que les hommes regardent à peine comme appartenant à leur espèce. Le mari achète sa femme, le père vend sa fille, le fils vend sa mère. Le déshonneur, pour une femme, consiste à n'être pas vendue ou à être mal vendue. La femme de Sganarelle, qui veut absolument être battue, serait donc un personnage très-peu extraordinaire et assu-

(1) Voir le *Globe* du 1er août 1831.

rément fort peu comique dans ce pays-là. S'agit-il de religion? c'est bien pis encore. Leur conscience repousse bien plus obstinément toute conversion religieuse que leur foyer domestique ne se ferme à nos lois civiles. « Les Indiens, » tâtés partout, dit V. Jacquemont, n'ont voulu nulle part » changer Mahomet ou Brahma pour Jésus-Christ ou la » Trinité. »

Que résulte-t-il de cette obstination des Indiens à rester fidèles aux vieilles traditions de leur vie domestique et religieuse? L'impuissance pour le gouvernement anglais de s'assimiler complétement ce peuple; la nécessité d'une domination forte qui le maintienne sous le joug; enfin l'ajournement indéfini de tout projet d'amélioration politique dans un pays où le premier essai de l'émancipation serait la révolte. Car, il faut bien le dire, l'immobilité du peuple indien dans ses habitudes et dans ses croyances, sa résistance à épouser les mœurs de l'Angleterre, quoiqu'il accepte ou qu'il subisse patiemment tous les bienfaits de son administration éclairée, c'est là, si nous en croyons un observateur judicieux, Victor Jacquemont, le seul danger réel qui menace la puissance anglaise dans l'Inde. Les colonies anglo-américaines qui parlaient la même langue que la mère-patrie, qui avaient ses mœurs, sa religion, ses lois, ses usages, se sont affranchies du jour où leur civilisation s'est trouvée l'égale de la civilisation anglaise; mais si l'Inde échappe jamais à l'Angleterre, ce sera par une guerre de religion. Voilà ce qui compromet l'avenir de la Compagnie, bien autrement que l'ambition de la Russie, qui ne sera jamais pour le gouvernement anglais dans l'Inde un sujet de grand effroi, surtout s'il veut bien suivre le conseil que je lui ai donné récemment, à savoir, de conquérir le cours de l'Indus, et de l'assurer sans partage à sa navigation, depuis l'embouchure de ce fleuve jusqu'aux montagnes.

Nous avons laissé Victor Jacquemont dans les montagnes de Mhairwarra, au milieu de l'Indostan; mais nous avons oublié de dire comment il était arrivé là. Il nous faut donc revenir un instant sur nos pas, et reprendre le voyage de Jacquemont au moment où finit notre dernier article, le 9 novembre 1831. Jacquemont venait de repasser le Sutledge, après son expédition dans le Punjaub. Il s'était reposé quelque temps à Delhi, dans les délices de l'hospitalité anglaise; et le 14 février, après avoir employé plusieurs semaines à emballer ses collections, il s'était remis en route, le cap au sud, chevauchant en tête de sa caravane dans l'ordre imposant que nous avons précédemment décrit. L'intention de Victor Jacquemont était de visiter dans toute son étendue, du nord au sud, la presqu'île en deçà du Gange, et de s'arrêter à Bombay, après avoir traversé le Rajepoutanah, le pays des Marattes, et séjourné dans plusieurs villes importantes, Jaypore, Aymeer, Indore, Poona. De Bombay, notre voyageur devait gagner le cap Comorin, en longeant la côte de Malabar, derrière les Ghates; puis remonter au nord par le plateau de Mysore, passer, dans les Montagnes Bleues, tout l'été de 1833, et enfin retourner en Europe vers la fin de la même année. Cette dernière excursion à travers la presqu'île devait faire du voyage de Jacquemont le plus complet qui eût jamais été entrepris aux Grandes-Indes.

Tels étaient les projets de Victor Jacquemont, et il en exécuta une partie. Que ne pouvons-nous l'accompagner encore, et le suivre pas à pas! Ce nouveau voyage dans un pays à peine exploré, cette pointe hardie vers les tropiques, toute cette vie encore une fois jetée dans les aventures, quel vaste champ pour la curiosité du lecteur! Mais l'espace me manque. Mon analyse n'a été que trop longue, il faut abréger. Pourtant, à l'instant de finir, ma conscience de critique me reproche d'avoir écourté cette piquante relation. J'ai montré Jacquemont sous quelques-uns des jours où brille l'originalité de sa nature, mais combien je suis loin d'avoir complété l'histoire de son caractère et de son esprit, la seule que j'aie voulu faire! Nous avons vu Jacquemont à la table des riches Anglais de Calcutta, subjuguant l'étiquette à force de naturel, de franchise et de gaieté; puis gravissant avec la science les glaciers de l'Himalaya; géologue intrépide et guerrier sur le Thibet, diplomate éprouvé, orateur éloquent, hardi patriote à Meerut; prisonnier et maître dans les montagnes du Punjaub, plus que roi à Cachemyr; mais que n'aurais-je pas à raconter encore, si je voulais puiser moins discrètement dans cette mine intarissable que sa correspondance me fournit! Chacune de ses lettres résume tant d'idées, tant de faits, remue tant de souvenirs, provoque tant de réflexions, et renferme quelquefois des pages d'un style si achevé, qu'il aurait fallu donner, pour ne rien perdre, une analyse de chacune d'elles. Mais aujourd'hui il faut finir, et finir bien tristement.

Le 5 juin 1832, Victor Jacquemont arriva à Poona, ville de 50,000 ames, située sur de hautes montagnes à quelques lieues de Bombay, et l'une des plus importantes stations militaires des Anglais dans la péninsule. Il y passa l'été, c'est-à-dire la saison des pluies, qui est insupportable à Bombay. Le 5 juillet, le choléra fit invasion à Poona avec une violence effrayante; il mourait au-delà de soixante personnes par jour. Un des domestiques de Victor Jacquemont fut atteint, et les soins de son maître ne purent le sauver. C'était un excellent serviteur: Jacquemont le pleura. Mais le désespoir qui s'empara des Indiens, ses camarades, dépasse tout ce qu'on peut imaginer; ils n'avaient cessé de le veiller pendant sa maladie, faisant bonne contenance près de lui, cherchant à l'égayer par des contes qu'il n'entendait plus; puis, quand ils pouvaient s'éloigner un instant de sa chambre, se retirant dans le jardin pour se rouler à terre et sangloter. Quand il mourut, la douleur de ces malheureux éclata par des témoignages d'une telle violence qu'elle ressemblait à de la fureur. Comment concilier cette sensibilité profonde avec ce que nous avons vu plus haut de l'apathique insouciance qui est le fond du caractère indien, et surtout avec cette indigence complète des sentimens et des vertus de famille? C'est une énigme entre mille autres.

Jacquemont n'était pas *contagioniste;* il ne ressentit donc aucun effroi de l'épouvantable fléau qui ravageait Poona, et se contenta de prendre toutes les précautions prescrites par l'hygiène du pays. Voici sa recette : « Je me soigne » bien, bois une goutte d'eau-de-vie le matin, du vin à » déjeuner, lorsqu'il m'arrive de manger de la viande; du » vin à dîner ; et quand je prolonge ma soirée dans les écri- » tures, une grande tasse de thé mêlé de rum. Sur quoi » je me couche. Je me couvre extrêmement la nuit; et, le » jour, je porte un très-long châle de cachemire, roulé en » ceinture, non autour de la taille, mais sur les hanches, » de manière à me tenir l'estomac et le ventre à l'étuve, » dans une température égale. Je crois qu'un grand nom- » bre des maladies de ce pays proviennent d'un refroidisse- » ment, le plus souvent non perçu, de cette partie. » Moyennant ces soins, Jacquemont tomba malade, le 22 juillet, d'une violente et soudaine attaque de dyssenterie, qui faillit de l'emporter. C'était la première maladie un peu sérieuse qu'il eût faite dans l'Inde; il crut que c'était la dernière, et voulant mourir en musique, *comme il avait vécu*, il donna ordre qu'on amenât près de son lit un excellent musicien qui, par hasard, se trouvait à Poona. Mais ce fut l'énergie de sa volonté, aidée d'un bon remède, qui évidemment le sauva.

Jacquemont était arrivé dans l'Inde avec une confiance robuste dans sa jeunesse, dans sa santé, et, toute superstition à part, dans son étoile. Aussi ne cesse-t-il, dans sa correspondance, de combattre par des raisonnemens moitié sérieux, moitié plaisans, les inquiétudes de sa famille et de ses amis. Il prouve par de longs calculs de statistique qu'il ne peut pas mourir : « Il me semble qu'il faut être un peu » sot pour se laisser mourir à trente ans, et j'ai la vanité de » croire que je ne ferai jamais une telle sottise d'ici à très- » long-temps..... Permets-moi de te dire, écrit-il ailleurs, » que tu n'as pas assez de confiance en moi, ma bonne amie ; » ouvre l'*Annuaire du bureau des longitudes*, où tu verras » dans les tables de mortalité que les chances funestes à notre » âge sont presque nulles. Je commence à me considérer » comme un vieux vase, fragile par sa nature, mais en- » durci par le choc des accidens et habitué à tomber sans » se briser. Ne rêve donc jamais en noir de moi. » C'est ainsi que Jacquemont joue avec l'idée de la mort. J'ai vu mourir bien des jeunes gens, robustes, pleins d'avenir, qui jouaient avec la mort; et je vois vivre, avec une mauvaise santé, nombre de personnes qui en ont une peur effroyable. Il faut donc traiter fort sérieusement la mort, c'est-à-dire se garder des piéges qu'elle nous tend, et penser à elle le moins possible. Aussi bien, c'était le système de Jacquemont partout ailleurs que dans ses lettres; il était trop sérieux pour compromettre follement sa vie; et sa confiance, si vivement exprimée, tenait au soin même qu'il prenait de sa santé. Personne, en effet, n'était plus attentif à soumettre aux variations de la température les procédés de sa toilette. Nous l'avons vu, sur les cimes glacées de l'Himalaya, fourré comme les ours auxquels il donne la chasse, empaqueté comme un Lapon, bravant le froid sous la triple enveloppe d'une épaisse couverture. Arrivé dans le Deccan, par 22 degrés de latitude, sa toilette avait subi une réforme

considérable. « Assis à écrire, je ne garde d'autre vêtement
» qu'un épais turban de mousseline blanche pour me tenir
» la tête fraîche, et des culottes, parce que, bien que le
» nom de cet objet soit peu décent (en anglais du moins il
» est d'une affreuse indécence), je tiens l'objet lui-même,
» les culottes, pour une des inventions les plus décentes
» dont la sagesse humaine se soit jamais avisée; veste, gilet,
» chemise et chemise de flanelle, bas et souliers, au diable!
» Du tout, je fais un coussin sur lequel je m'assieds, et qui,
» au bout d'une heure, est trempé à tordre. Eh bien! chose
» incroyable! je me sens aussi frais d'esprit et aussi léger
» de corps, que si, au lieu de 43 degrés de chaleur, il y
» en avait seulement 14 ou 15! »

Telle est la prudence de Victor Jacquemont. Par malheur elle l'abandonne quelquefois. Jacquemont ne sait pas sacrifier les intérêts de la science au soin de sa conservation. Dès que la science l'appelle, il marche; adieu la santé! adieu la vie! son ardeur l'emporte; et parmi toutes les chances de mort qui abondent dans ce long voyage, les dangers auxquels la science l'expose sont les seuls qu'il ne compte pas! Le 15 septembre, il quitta Poona, et prit la route de Bombay. Il voulut visiter en passant l'île de Salsette. Et pourquoi? L'île de Salsette, située au bas du versant occidental des Ghates, est un pays malsain, couvert de forêts empestées ou brûlées par les ardeurs d'un soleil dévorant. De plus, Jacquemont avait choisi pour ce voyage la saison la plus dangereuse de l'année. Mais qu'importe? Il venait de recevoir un travail remarquable de M. Arago.

sur les recherches géologiques de M. Élie de Beaumont. Cette communication inattendue avait réveillé son zèle scientifique; c'était comme un noble défi d'ajouter par ses observations personnelles aux expériences déjà si décisives de ces deux savans célèbres ; il espérait découvrir au pied des Ghates, et sur leurs croupes, des couches tertiaires et alluviales, et trouver, dans les accidens de leur stratification sur ces montagnes, des élémens supérieurs à toutes les conjectures précédentes pour la solution du problême important de leur âge géologique. C'est ainsi que la science le tentait. Comment résister à la science? Il partit. Il parcourut, sous le feu des tropiques ou sous l'ombrage pestilentiel des bois, toute la longueur de cette île meurtrière, à la recherche de quelques lambeaux de ces terrains, dont l'étude et l'analyse le courbaient douloureusement pendant des jours entiers. « Il en résulte que je suis souffrant, ou plutôt » chiffonné depuis quelques jours, écrit-il le 14 octobre. » Perfide climat que celui-ci! »

Il prit quelque repos à Tanna, et enfin, le 29 octobre, il arriva à Bombay, mais épuisé. Le lendemain il fut obligé de garder le lit; puis on le transporta au quartier des officiers malades, où le gouvernement anglais le confia aux soins du plus habile médecin du pays.

Jacquemont, qui était lui-même un médecin fort instruit, ne se fit aucune illusion sur la nature de la maladie qu'il avait rapportée de son dernier voyage, et sur le danger qu'il courait. C'était une inflammation au foie, dont il avait pris le germe au milieu des miasmes putrides de Salsette. Bientôt un abcès se forma dans l'intérieur de l'organe, et le peu d'espoir qui était resté s'évanouit. Le malade sentit ses forces diminuer de jour en jour; mais résigné, tranquille, il dissertait gravement sur son mal, en suivait comme avec l'œil le développement rapide et caché, et calculait avec un calme admirable ce qu'il lui restait de jours à vivre et à souffrir. Souffrir et mourir! sur cette terre étrangère et funeste, loin de son vieux père qu'il ne reverrait plus, loin de ses amis dont le souvenir, dont la jeunesse réveillaient à chaque instant, sur ce lit de mort, des idées de patrie et d'avenir! Mourir si jeune, après tant de travaux accomplis, tant de dangers bravés pour la science, au moment d'atteindre le terme d'une si longue épreuve et de toucher au but de tant d'efforts courageux, mourir! Est-ce ainsi que devait finir le voyage scientifique de Victor Jacquemont?

« Oh! qu'il sera charmant, écrivait-il à son frère, quel-
» que temps avant la fatale excursion dans l'île Salsette,
» de nous retrouver tous ensemble après tant d'années
» d'absence et pour moi d'isolement! Quelles délices de
» dîner tous les trois à notre petite table ronde, aux lu-
» mières; de manger du potage et de boire du vin rouge
» de France, et de ne bouger de là que pour aller dans la
» chambre de notre père, laissant les autres chercher du
» plaisir hors de leur maison, et nous, restant dans la nôtre,
» autour du feu, à nous conter les accidens de notre sépa-
» ration les uns des autres! La larme me vient à l'œil, en
» pensant à ces joies! Si je me rappelle bien, cher ami,
» nous nous sommes embrassés la dernière fois sans pleurer,

» et c'était mieux comme cela ; mais la première fois que
» nous nous embrasserons, nous laisserons nature faire à
» sa guise. Ce ne sera que du bonheur qu'elle pourra nous
» donner. Et notre père, comme il sera heureux ! »

Quelques semaines s'écoulèrent, et toutes ces espérances étaient détruites, Victor Jacquemont, épuisé par trente jours de maladie, condamné par ses médecins et par lui-même, étendu sur ce lit de douleur qu'il ne devait plus quitter, adressait à son frère des adieux touchans et suprêmes.

« ..... Ma fin est douce et tranquille : si tu étais là, assis
» sur le bord de mon lit, avec notre père et Frédéric,
» j'aurais l'ame brisée, et ne verrais pas venir la mort avec
» cette résignation et cette sérénité. Console-toi, console
» notre père ; consolez-vous mutuellement, mes amis !...

» Mais je suis épuisé par cet effort d'écrire. Il faut vous
» dire adieu ! — Adieu ! Oh ! que vous êtes aimés de votre
» pauvre Victor ! — Adieu pour la dernière fois ! »

Ici finit la correspondance de Victor Jacquemont. Cette dernière lettre que le mourant, étendu sur le dos, ne put écrire qu'avec un crayon, fut copiée par M. Nicol, négociant anglais, qui assista notre malheureux compatriote à ses derniers momens, et transmit à sa famille tous les détails de sa mort. Jacquemont vécut encore quelques jours, qu'il employa à donner à M. Nicol, avec une présence d'esprit admirable, toutes les instructions relatives à l'emballage et au transport de ses collections, de ses écrits, de ses catalogues, ainsi que de plusieurs objets, entre autres sa croix de la Légion-d'Honneur (il venait d'être nommé chevalier), qu'il envoyait à son frère. Il commanda ses funérailles, et composa lui-même son épitaphe. Le 7 décembre, il fut saisi de douleurs violentes qui annoncèrent sa fin. Mais la force du mal ne put troubler son esprit, ni ébranler son courage, ni altérer la sérénité de son ame. « Je suis bien ici, disait-il » seulement, mais je serai bien mieux dans mon tombeau. » Quelques minutes après, il expira.

Ceux de nos compatriotes qui chercheront sa tombe sur cette plage lointaine où il mourut, la reconnaîtront à cette modeste inscription :

Victor Jacquemont, né à Paris le 28 *août* 1801, *est mort à Bombay, le* 7 *décembre* 1832, *après avoir voyagé pendant trois ans et demi dans l'Inde.*

CRITIQUE

DU

SECRÉTAIRE INTIME,

ROMAN DE GEORGE SAND.

CRITIQUE

DU

SECRÉTAIRE INTIME,

Roman de George Sand.

Voici comment le comte de Saint-Julien devint secrétaire intime d'une princesse :

Il cheminait sur la route de Paris à Lyon, voyageant à l'aventure, le sac sur le dos, les pieds poudreux, seul, sans illusions, sans argent, le pauvre jeune homme! Mais il avait de très-beaux yeux, la main blanche, des dents blanches et des cheveux noirs.

Une berline de poste vint à passer, suivie de deux calèches. Julien harassé de fatigue, essaya de monter derrière une des voitures de suite, mais le postillon lui commanda brutalement de descendre. Au bruit qui se fit alors, une belle dame qui était dans la berline mit la tête à la portière, aperçut le jeune homme aux cheveux noirs, et tout aussitôt l'invita à prendre place sur le siége de sa voiture, à côté de sa levrette qui s'y prélassait; ce que fit Julien sans trop de honte.

A Lyon, Julien mit une chemise fine, un pantalon blanc, une blouse de coutil russe, et vint se poster, les yeux pleins de langueur, et sa barrette de velours noir à la main, dans la cour de l'auberge, sous un balcon où la belle voyageuse, nonchalamment étendue sur un fauteuil, fumait des cigarettes ambrées, en attendant le souper.

Il y avait à parier que Saint-Julien, qui voyageait à la grâce de Dieu, ferait très-mauvaise chère ce soir-là. Julien le croyait; mais comme il allait s'asseoir à la plus modeste table de l'hôtel, l'inconnue l'envoya prier à souper avec elle; le repas fut exquis, la conversation brillante. Quelques heures après, Saint-Julien prit congé de sa bienfaitrice, non sans avoir assisté à sa toilette de nuit, « toilette élégante et voluptueuse », dit l'auteur du roman. Le lendemain, il fut rappelé; la princesse (car c'était une princesse) l'avait nommé son secrétaire intime, avec dix mille francs d'appointemens, la table, le logement et le reste.

Si vous me demandez le secret du comte de Saint-Julien pour arriver ainsi en un tour de roue à la fortune, ce secret est fort simple : ayez de très-beaux yeux, des dents blanches, des mains blanches, des cheveux noirs, une blouse de coutil russe, et surtout tâchez de rencontrer sur votre route la princesse de Cavalcanti.

Cette bonne princesse retournait dans ses états. Elle fit donc monter Saint-Julien, non plus sur le siége, mais sur les moëlleux coussins de sa berline, où il s'établit à côté d'elle. Or, vous savez que cette berline mène les gens grand train. Après quelques jours de marche, on arrive à Monteregale, tout près de Milan, dans un bon pays, ma foi! un pays de cocagne pour les secrétaires. Saint-Julien trouve là un beau logement, préparé tout exprès pour lui dans le palais, un petit page pour le servir, une fille d'honneur pour l'habiller des pieds à la tête. Et puis, comment croyez-vous que débute la princesse avec ce jeune homme, à peine établi dans sa maison, encore tout ému des premiers bienfaits de sa maîtresse? Elle n'imagine rien de mieux qu'un tête à tête de six mois avec Saint-Julien; pendant six mois, la princesse Quintilia, qui est puissamment organisée pour le travail du cabinet, retient son secrétaire à ses côtés, sans plus se troubler, sans plus s'interrompre que Napoléon quand il méditait nos Codes. J'ai hâte de le dire, la princesse ne fait que de l'économie politique avec Saint-Julien; mais elle est si jeune, elle est si belle, elle a tant d'esprit et de bonté, tant d'amabilité et tant de grâce! c'est enfin, à la bizarrerie près, une femme si séduisante que la princesse de Cavalcanti, que vraiment je tremble pour le cœur de notre pauvre Julien, échappé si jeune, si pur, si bon catholique des bras de son vieil instituteur, un vertueux curé de Basse-Normandie.

Après tout, un brevet de secrétaire n'est pas une cuirasse de triple airain autour d'un jeune cœur.

Moins occupé de son travail que de sa maîtresse, Saint-Julien s'aperçut que l'économie politique elle-même a ses dangers dans un tête-à-tête ; des étincelles d'amour jaillissaient de cette cendre aride et glacée, comme les fusées d'un volcan. Son cœur prit feu. Une passion profonde, dévorante, s'empara de toutes ses facultés, et il n'était pas encore au bout des six mois que devait durer cette rude épreuve, qu'il était fou d'amour, le pauvre enfant! fou d'amour aux pieds de l'enchanteresse qui, tantôt revêtue d'un riche costume oriental, étincelante de diamans, mollement étendue sur de soyeux tapis, au milieu des nuages enivrans du santal, lui demandait avec une voix si douce l'histoire de son enfance ; tantôt, livrée à de silencieuses extases, le contemplait d'un œil mélancolique ; ou bien couchée dans une gondole auprès de lui, se laissait glisser amoureusement sur les eaux tranquilles et le long des saules impénétrables de la Célina (1). C'est ainsi que la princesse Quintilia passait, avec son secrétaire, le temps qu'elle ne donnait pas à la politique. Saint-Julien n'avait pas le secret de résister à tant de charmes, ni la force de combattre une séduction si puissante ; il devint, comme nous l'avons dit, éperdument amoureux de sa maîtresse.

Il en était là de son aventure, quand un jour, dans un accès de bonne humeur, la princesse Quintilia embrassa

(1) C'est une rivière qui se jette dans le fleuve de Tendre.

son secrétaire intime sur les deux joues. « C'était la première fois », dit l'auteur du roman, et l'émotion faillit le jeter à la renverse. Pourtant il ne tomba que sur les deux genoux, et penchant son visage sur les belles mains de la princesse, il les couvrit de larmes, et lui fit un aveu brûlant de sa passion.

Un secrétaire intime, embrassé sur les deux joues par sa maîtresse, et qui répond à ce double baiser par une simple déclaration d'amour, ce n'est pas là une énormité. Et cependant cette déclaration perdit Saint-Julien ; ce fut l'écueil où vint se briser sa fortune. Pourquoi ? C'est que la princesse est une femme qui ne ressemble à aucune autre.

Si la princesse Quintilia ressemblait aux autres femmes, elle n'aurait pas rebuté Saint-Julien, elle n'aurait pas repoussé avec colère sa déclaration d'amour, après l'avoir conduit pas à pas jusque dans le piége de l'inqualifiable séduction où il est tombé. L'erreur de Saint-Julien est donc de n'avoir rien compris au caractère de sa maîtresse, erreur que pour ma part j'excuse cordialement, mais qui lui coûtera cher. Julien a fait comme nous tous, il a tenu compte des apparences dans la conduite d'une femme, il l'a jugée par le dehors ; juger une femme par les apparences, voilà le crime. Est-ce que les femmes doivent être esclaves des apparences ? *Esse quàm videri*, c'est pour elles que cette maxime a été faite. Une femme perdue, mais qui respecte assez le monde pour prendre les dehors de la vertu, c'est bien ; une femme vertueuse qui ne craint pas de laisser planer sur elle le soupçon du vice, c'est mieux encore. Ainsi fait la princesse Quintilia. Capricieuse, fantasque, aujourd'hui philosophe, lisant du grec ou livrée à des méditations esthétiques, demain rieuse emportée, se roulant sur les tapis; aimant « les beaux chiens, les beaux chevaux, les belles pipes, les beaux hommes; » abandonnée à l'intimité d'une soubrette et d'un page libertin; sans frein dans ses goûts, sans mesure dans ses plaisirs, ouvrant son salon à des femmes décriées, et la nuit, déguisée, se glissant sous le toit d'un étudiant allemand, qu'importe? Si, malgré tous ces dehors, une femme est sage, elle peut braver l'opinion du haut de sa conscience et de sa vertu. Tel est l'avis de la princesse Cavalcanti. « Comme elle n'aime pas le vice, elle ne le craint pas, et elle sait traverser cette fange sans faire une seule tache à sa robe »; comme elle ne se reproche rien, elle se permet tout; comme elle n'aime pas Saint-Julien, elle l'embrasse sur les deux joues, mais c'est pour l'amour du grec.

Saint-Julien comprit tout cela; mais il était trop tard. Il perdit l'espérance et garda son amour. Le désespoir et l'amour sont deux mauvais conseillers. Saint-Julien, l'innocent, le pieux jeune homme, qui avait quitté le manoir paternel pour n'avoir pas à rougir des désordres de sa famille, Saint-Julien ouvrit son cœur à la sombre jalousie, à la convoitise ardente, et s'abandonna aux pensées les moins catholiques. Trompé de plus en plus par les apparences qu'une fatalité singulière semble accumuler contre la princesse, et perdu dans une série d'aventures dont nous voulons laisser la surprise à ceux de nos lecteurs qui aiment le romanesque, tout le reste de son histoire est le récit d'une mystification complète. Julien devient un personnage comique à force de confiance bénévole, pitoyable à force de mauvaise fortune. Il semble voir un jouet que se renvoient des mains adroites et ennemies, qui passe de la soubrette au page, du page à la princesse, de la princesse à l'étudiant, de l'étudiant au professeur Cantharide, espèce de niais perfide et froid qui préside aux bals entomologiques de sa souveraine, et rédige les Mémoires secrets de sa vie. Enfin, poussé à bout, convaincu par des indices accablans que la princesse n'est qu'une courtisane sans pudeur, Saint-Julien étouffe au fond de son cœur ses chastes soupirs, ses ardeurs timides ; il s'arme d'audace et se détermine à tenter un coup de main désespéré dans la chambre à coucher de sa maîtresse. Il arrive, il la trouve étendue sur un hamac de soie, éclairée par la lueur d'une lampe d'albâtre, pendant que l'inévitable santal brûle à ses pieds. Elle dort..... Saint-Julien s'approche, mais son triste courage l'abandonne ; il ne sait que baiser respectueusement la main de la princesse. Quintilia se réveille sans trop de surprise, aperçoit Julien ; puis, s'avisant qu'elle avait la poitrine nue, elle n'en témoigne pas un grand trouble et dit : « Mon cher enfant, je te prie de me donner un schall, et puis tu m'expliqueras ce qui t'amène. » Au lieu d'un schall, Saint-Julien, toujours trompé par les apparences, lui jeta ses bras autour du cou.... Cette erreur finale faillit lui coûter la vie ; la princesse résista ; puis, comme l'erreur de

Saint-Julien se prolongeait fâcheusement, elle y mit fin avec un coup de poignard qui par hasard ne le tua pas. Saint-Julien s'enfuit; mais arrêté, plongé dans un cachot, il reçut la visite du professeur Cantharide, et apprit par lui que la princesse était mariée, très-satisfaite de son mari, et au demeurant la plus honnête femme de la Péninsule; ce dont Saint-Julien ne doutait plus depuis le coup de poignard. Après quoi, la princesse le fit mettre à la porte par les deux épaules. Là finit le beau rêve de Saint-Julien.

Tel est le nouveau roman de l'auteur de *Valentine*. Cherchons-en le sens, car tous ses ouvrages ont un sens moral, une portée philosophique; le roman n'est qu'une forme. Vous croyez que l'auteur veut vous amuser, point du tout; il plaide une cause. S'il vous divertit, tant mieux; mais ce qu'il veut, c'est gagner son procès.

Indiana, *Valentine*, nous avons tous pensé que c'étaient là deux brillans plaidoyers contre le mariage. Aujourd'hui, l'auteur se défend d'avoir eu cette intention; et vraiment nous le croyons, car il semble avoir composé *le Secrétaire intime* tout exprès pour prouver l'excellence d'un mariage bien assorti; le tout est donc de s'entendre. Dans *le Secrétaire intime* il y a une femme mariée qui aime son mari, qui est heureuse en ménage; c'est la princesse de Cavalcanti. Mais comment a-t-elle trouvé le bonheur dans le mariage? Le voici : elle a épousé secrètement un jeune bâtard allemand nommé Max. Le mari demeure une partie de l'année à Paris, éloigné de sa femme; et quand il vient à Monteregale, il y prend le costume d'un étudiant, vit à l'auberge et passe son temps à feuilleter des livres, à regarder l'eau couler, et à fumer des cigares au Soleil-d'Or. La nuit lui rend ses droits d'époux ; mais tout le long du jour la princesse est libre, et nous avons vu qu'elle connaît le prix de sa liberté.

Est-ce donc là le mariage tel que le permet M. George Sand? Oui, je vous l'assure ; c'est le mariage heureux et libre, qui n'est ni une tyrannie de l'égoïsme poli, ni un châtiment infligé à une ame délicate et pure par la brutalité impérieuse ; « car le mariage, dit M. George Sand, le ma-
» riage tel que le monde l'a institué, est le plus amer et le
» plus dérisoire des parjures que l'homme ait faits à Dieu. » Voulez-vous donc, et combien le voudraient! que vos femmes échappent à la triste destinée de Valentine, qu'elles soient plus fidèles et plus fortunées qu'Indiana, essayez de ce mariage qui fait le bonheur du prince Max sans trop gêner la princesse Quintilia. Ainsi tout s'arrange, tout se concilie. Les saints-simoniens cherchent la femme libre ; la voici venir. Faites seulement qu'elle se procure les conventions matrimoniales de la princesse Quintilia. C'est le mariage moins la messe, moins l'article 214 du Code civil, moins les ennuis, moins les dégoûts, moins les perfidies, moins les faiblesses qui brouillent aujourd'hui les époux ; c'est le mariage élevé à toute la dignité de l'amour !

Telle est, si je ne me suis pas trompé, la moralité qu'il faut tirer du *Secrétaire intime.* Le but de l'auteur est décidément l'émancipation de la femme. *Indiana*, *Valentine*, appelaient les femmes à la révolte *le Secrétaire intime* les affranchit légalement. Dans *Indiana*, dans *Valentine*, la femme est émancipée par la passion, par la jalousie, par l'adultère, par la mort; dans le *Secrétaire intime*, il n'y faut qu'un notaire et quatre témoins. C'est un procédé beaucoup plus simple; c'est un progrès.

Il existe quelque part, en Allemagne, une espèce de mariage qui ressemble assez à l'alliance contractée par la princesse de Cavalcanti; c'est le mariage de la main gauche. Ce mariage est un compromis entre l'orgueil aristocratique et l'amour; l'amour commande la noce, l'orgueil rédige le contrat. Dans ces mariages, homme ou femme, il y a toujours un des conjoints qui est le très-humble serviteur de l'autre. Mariez-vous donc, dit l'auteur du *Secrétaire intime*, car notre vieux monde tient au mariage comme à sa plus vieille habitude; mariez-vous, dit-il aux femmes, mais donnez la main gauche, c'est-à-dire, gardez votre liberté. Si vous donnez la main droite, vous aurez le sort de Valentine, ou vous fuirez au bout du monde, par de-là l'équateur, comme Indiana. Au lieu d'un amant tendre et passionné, que vous irez visiter furtivement le soir, comme un sous-lieutenant qui se glisse dans l'ombre sous le toit de sa maîtresse, vous aurez un tyran, témoin assidu et glacé de votre jeunesse, si belle, si rapide, si tôt flétrie, dans les embrassemens d'un hymen régulier, et qui ne demandait qu'à s'épanouir lentement dans la liberté et l'amour. Mariez-vous donc de la main gauche! Telle est la grande réforme que M. George Sand veut introduire dans le code civil de l'humanité.

Pour soutenir une semblable thèse, il fallait de toute nécessité et de longue date, s'appliquer à noircir les hommes, à les peindre sous des couleurs ridicules ou odieuses. Aussi voyez le rôle que nous jouons, nous autres hommes de toutes les nations et de tous les rangs, dans les romans de M. George Sand. Vraiment, la révolte, la révolte à main armée (Quintilia porte toujours un poignard !) est le droit commun des femmes contre nous, contre notre égoïsme, contre notre sensualité qui les dégrade, notre ambition qui les immole, notre lâcheté qui les avilit. Dans le *Secrétaire intime*, même système : la femme sur un piédestal, les hommes à genoux. La princesse Quintilia est, à la liberté près, une femme accomplie ; elle est assise sur un trône de perfection, parée de les dons de l'esprit, de la grâce et de la fortune ; et à ses pieds nous voyons un troupeau d'hommes à face burlesque : un chanoine italien servile et gourmand ; un grand écuyer, type de fatuité, d'insolence et de lâcheté ; Cantharide, complaisant ridicule ; l'étudiant Max, complaisant passionné, et Saint-Julien, hélas ! Saint-Julien qui, après avoir ramassé son brevet de secrétaire dans la poussière du chemin, se fait chasser comme un laquais ! voilà le rôle des hommes dans ce nouveau roman. Il n'y a, en vérité, dans toute cette cohue d'histrions, que le petit page, le spirituel et ambitieux Galleoto, qui rachète à force d'intelligence, de gentillesse, de sincérité, de malice active et entreprenante, la triste infériorité de ses pareils. Lui seul comprend sa maîtresse et sait la juger : « De telles femmes, dit-il, de-
» vraient être marquées au front d'un zéro, pour montrer

» qu'elles sont en dehors de l'espèce humaine, et qu'il faut » les traiter comme des abstractions. Ce sont des êtres » faussés, des énigmes sans mot, des figures comme on en » voit dans les rêves d'une digestion pénible ou dans des » élucubrations bachiques après souper. »

Nous en dirons autant, pour finir, non pas seulement de l'héroïne, mais du livre. L'opinion du petit page sur sa maîtresse résume admirablement notre critique. Ce livre est une fantasmagorie brillante, la merveilleuse fantaisie d'une imagination fertile en expédiens; mais c'est l'histoire creuse et stérile d'une abstraction; il n'y a pas là de ces passions vraies, comme l'auteur d'*Indiana* excellait à les peindre autrefois, point de ces tableaux d'une vérité frappante, point de ces caractères d'un naturel exquis, point de ces figures si naïves et si franches qui ont assuré un succès si durable à ses premiers ouvrages. Cette fois, l'auteur a beau prodiguer toutes les ressources de son admirable talent, toutes les richesses de son style, pour couvrir le vice du sujet, le sujet faisait faute; rien n'a pu le sauver. La princesse de Cavalcanti, avec toutes ses fausses perfections, ressemble à ces géantes informes et contrefaites que les charlatans montrent dans les foires. Malgré le clinquant qui les couvre et l'attirail de reine qui les entoure, ce n'en sont pas moins des monstres.

www.ingramcontent.com/pod-product-compliance
Ingram Content Group UK Ltd.
Pitfield, Milton Keynes, MK11 3LW, UK
UKHW021309190726
13839UKWH00007B/562